Thomas Chorherr · Über das Lachen

THOMAS CHORHERR

Über das Lachen

Mit Illustrationen von »Ironimus«

NP
BUCHVERLAG

Die Deutsche Bibliothek – CIP-Einheitsaufnahme

Chorherr, Thomas:
Über das Lachen / Thomas Chorherr. Mit Ill. von „Ironimus“.
1. Aufl. - St. Pölten ; Wien ; Linz : NP-Buchverl., 2000
ISBN 3-85326-135-3

1. Auflage 2000

Einbandgestaltung: Kurt Hamtil
Gesamtherstellung: Niederösterreichisches Pressehaus
Druck und Verlagsgesellschaft mbH
A-3100 St. Pölten, Gutenbergstraße 12

Prolog

»Lachen Sie nicht so laut!«, fuhr mich vor vielen Jahren ein Chefredakteur an. Er ist – Gott hab ihn selig, obgleich er von diesem zeit seines Lebens nicht allzu viel hielt – schon lange gestorben, wird mir aber stets in Erinnerung bleiben. Erstens deshalb, weil er ausgezeichnete Leitartikel schrieb und zweitens, weil er sich, um diese zu verfassen, in sein Zimmer einschloss und auch durch Geräusche nicht gestört werden durfte.

»Lachen Sie nicht so laut!« Ich war damals, was man einen jungen Spund nannte, gleichsam grün hinter den Ohren und gehalten, täglich um fünf Uhr früh – es war eine Nachmittagszeitung – in der Redaktion zu sein, um meinem Alter entsprechend als Erster die aus dem Fernschreiber der Nachrichtenagenturen die Nacht über herausgequollenen Meldungen fein säuberlich aufzuschneiden und ressortweise zu sortieren. Dass dies meiner guten Laune nicht zuwiderlief, war vor allem der Tatsache zuzuschreiben, dass ich, zu einer Zeit, wo selbst, wie wir immer sagten, dem hellen Morgen graute, nur einen ganz kurzen Fußweg zurückzulegen hatte – ich wohnte zweimal ums Eck.

»Lachen Sie nicht so laut!« Der Chefredakteur, ein stets ernster Mann – so was gibt's, ich werde darauf zurückkommen –, steckte den roten Kopf aus der Tür und ich bat um Verzeihung dafür, dass ich gelacht hatte. Ich lache gern. Ich habe immer gern gelacht und gedenke, dies auch weiter zu tun. Aber keine Angst: Dies soll nichts weniger als ein Bekenntnisbuch sein, auch wenn es gelegentlich den Anschein haben mag. Dies soll und kann auch keineswegs ein wissenschaftliches Buch sein. Ich bin nicht Psychologe noch Psychiater, nicht Physiologe noch

Theologe und auch nicht Ethnologe – obgleich alle diese Disziplinen und Materien, sofern sie mit dem Lachen zu tun haben, auf den folgenden Seiten behandelt werden sollen. Ich bin Journalist, doch einer, der sich allen Widerwärtigkeiten nicht nur des Berufs, sondern auch des Lebens zum Trotz die gute Laune nicht hat verderben lassen.

Und auch nicht von persönlichen Umständen. Ich habe nach einer Blinddarmoperation eine Besucherin inständig gebeten, zu schweigen, weil mir das permanente Lachen Narbenschmerzen verursachte. Ich war, meine ich, einer der ganz wenigen, die in der Intensivstation des Wiener Allgemeinen Krankenhauses gelacht haben, sogar wenn ich von Monitoren und Alarmgeräten umgeben war. Ich musste mich da immer an eine Szene in Mel Brooks »Silent Movie« erinnern, die gleichfalls in einem Krankenhaus spielte: Zwei Freunde besuchten einen Dritten, der ebenfalls an einen Monitor angeschlossen war, bewunderten den Bildschirm mit der Kurve des Herzschlags, benützten ihn dann plötzlich als Computerspiel und verursachten solcherart, dass der Patient konvulsivisch von einer Seite auf die andere gerissen wurde. Ein makaberer Scherz? Ein Slapstick. Ich habe damals Tränen gelacht und rief mir jetzt die Ursache meiner Heiterkeit wieder ins Gedächtnis – und lachte. Nicht laut wie damals, als ich den Chefredakteur damit reizte, aber gleichsam in mich hinein.

In der Tat: Ich habe immer wieder gelacht im AKH. Was Sie das angeht, werden Sie fragen. Ich bitte um Entschuldigung, ich werde dies noch öfter tun im Verlauf des Buches. Die Erinnerung an das, was mir passiert ist und was mir dennoch die Heiterkeit nicht rauben konnte, zieht sich durch beinahe alles von dem, was ich Ihnen erzählen will.

Davon vor allem, dass das Lachen meiner Meinung nach eine Gottesgabe ist – und ich bin, wie gesagt, diesbezüglich ein praktizierender Laie. Vielleicht schreibe ich einmal ein Kinderbuch »Wie das Lachen auf die Erde kam«. Ich weiß es nicht, aber wenn wir ethnologische und entwicklungsgeschichtliche Prämissen vorerst beiseite lassen, ist im Grunde erstaunlich, dass uns niemand erzählt hat, die Heiterkeit sei vom Himmel herabgekommen, weil den lieben Gott die störrische Verbissenheit der Menschen gestört hat. Dabei ist er – vorlaute Bemerkung eines ehemaligen Lokalreporters – gar nicht in der Straßenbahn gefahren, um in die Gesichter der Passagiere zu blicken.

Wie das Lachen auf die Erde kam? Es ist dem Menschen gleichsam angeboren. Es war da, noch bevor Adam sprechen konnte. Es ist die kürzeste Brücke zwischen menschlichen Lebewesen, die miteinander kommunizieren wollen. Es ist demnach zutiefst menschlich.

Warum sieht man so wenig lächelnde Menschen, nicht nur in der erwähnten Straßenbahn, sondern auf den Straßen? Warum ist ihnen allen offenbar das Lachen vergangen, dieser vom Himmel gespendete Trost, der die Seele erleichtert und das Herz hüpfen lässt? Der selbst angesichts des Todes bisweilen lächeln macht? Die Frage »Warum lächelt Mona Lisa?« wird, seit Leonardo da Vinci sie malte, nicht nur von Kunsthistorikern gestellt. Und einer der berührendsten, wenngleich schrecklichsten Berichte aus einer Zeit des Massenmordes schildert das Bemühen einer Mutter, den Säugling, den sie auf dem Arm trägt, zum Lachen zu bringen. Sie kitzelt ihn – und das Kind kräht vergnügt. Dann geht die Mutter in der Reihe der Schicksalsgenossen weiter – in die Gaskammer.

In der Tat, der liebe Gott hat den Menschen den Trost der Heiterkeit gespendet, nicht zuletzt dann, wenn sie dieses Trostes am meisten bedürfen. Sie aber nehmen ihn, scheint es, allzu oft nicht an. Hat nicht auch ein Philosoph gefragt, warum die Christen, die doch von Jesus erlöst worden seien, so verdammt unerlöst dreinblickten? Ich bin, wie gesagt, ein Journalist. Zu unserem Gewerbe gehört es, zu recherchieren, zu fragen, sich zu erkundigen. Schauen wir wirklich unerlöst drein? Geht der Menschheit wirklich jene Bereitwilligkeit zu lachen ab, die selbst unter Tränen noch lächeln lässt?

Ich gebe zu, dass wir heute nicht viel zu lachen haben. Mag sein, dass dies der Grund für die Griesgrämigkeit der Mitmenschen ist. Mag sein, dass deswegen auch jene Recht haben, denen selbst ein leises Lächeln schwer fällt. »Kellerlacher« haben wir sie immer genannt – sie wagen nur im Dunkel des mentalen Souterrains darüber nachzudenken, ob denn wirklich alles, rein alles, so traurig ist, wie sie meinen. Sie mögen durchaus ihren Mann oder ihre Frau stellen, aber sie können nicht herzlich lachen. Es fehlt ihnen etwas. Vielleicht das Menschliche.

»Lachen Sie nicht so laut!«, sagte vor vielen Jahren der Chefredakteur, einer der erwähnten »Kellerlacher«. Ich habe vielleicht wirklich zu laut gelacht. Aber ich lache eben gern.

Darum habe ich mich mit dem Lachen befasst – mit seinen Ursprüngen, seinen sozialen und soziologischen, seinen psychischen, psychologischen, medizinischen Komponenten. Es ist, wie gesagt, weder ein Bekenntnisbuch geworden noch ein wissenschaftliches. Es ist eine Reportage. Fachleute mögen das eine oder das andere kritisieren, was uns Journalisten ja recht oft widerfährt. Dem will ich mit einer beinahe schon totgerittenen Aufforderung begegnen: Es darf gelacht werden.

Lachwurzen und Grantscherben
Eine Spur von Philosophie

Eine der beliebtesten Radiosendungen der ersten Nachkriegszeit hieß »Ein Gruß an dich«. Sie strahlte, wie der Name schon sagt, Grüße aus, die von Hörern an Hörer übermittelt wurden, und jeweils war nach ein paar persönlichen Worten auch ein von den Einsendern erbetenes Musikstück zu hören. Was uns Buben an dieser Sendung am meisten gefiel, war jener häufig wiederkehrende Wunsch, der im Besonderen an den jeweiligen Großvater gerichtet war: »Und sei net immer so grantig!« Die Sprecherin sagte es mit schmeichelnd-auffordernder Stimme, man konnte nicht umhin, sich vorzustellen, dass der Grußempfänger ein griesgrämiger alter Herr war, der seiner Familie auf die Nerven ging.

Ein Buch über das Lachen mit dem Grant zu beginnen? Wenn man vorerst einmal versucht, sich mit der Philosophie der Heiterkeit zu befassen, darf man auch dieses andere Extrem nicht außer Acht lassen. Auch Lachen und Weinen sind ja Milchgeschwister.

Lasst uns beginnen. Dass der »Bajazzo« der gleichnamigen Leoncavallo-Oper mit diesen Worten seinen berühmten Prolog beendet, ist, was unser Thema betrifft, gar nicht weit hergeholt. Gerade dieser Bajazzo ist gezwungen, unter Tränen zu lachen.

Das hat natürlich mit Grant nichts zu tun. Der normale Bajazzo ist nicht grantig – das wäre ja ein Widerspruch. Üblicherweise lacht er, bringt auch uns zum Lachen. Immer dann, wenn ich auf der Straße Menschen mit grantigen Gesichtern sehe, stelle ich sie mir als kleine Kinder vor. Da war doch, meine ich, von Grant keine

Spur. Warum hat er sie also im vorgerückten Alter erfasst?

Die Philosophie des Lachens muss zwangsweise auch eine des Grantelns sein. Halt: Hat Peter Wehle Recht, der in seinem Buch »Sprechen Sie Wienerisch?« den Grant etymologisch, also von seiner wörtlichen Herkunft her, zu erklären versucht? Ich zitiere: »Zorn, Missmut, v. greinen; (J) kennt dän. *krant*, aber wie sollte ein dänisches Wort in den Wiener Dialekt kommen? Eher gehört das Wort zu den Importwörtern, die wir Ferdinand II. und seinen Nachfolgern zu verdanken haben. Sie sind mit dem spanischen Zeremoniell und den spanischen Granden, die im Barock den Unwillen des Volkes erregten, nach Wien gebracht worden. Wenn sich also jemand wie ein Hidalgo, wie ein ›Grande‹ benahm, dann hatten die anderen einen ›Grand‹ auf ihn; dies aus einer Vorlesung Professor Kranzmayers.«

In seinem Wörterbuch findet sich dann auch das Wort »grantich« (Warum eigentlich nicht »grantig«?), das er als »zum Grant gehörig« bezeichnet und mit »schlecht gelaunt» übersetzt. Und dann lesen wir natürlich auch vom »Grantscherben«, der laut Wehle »ein ständig Übelgelaunter« ist.

Ich wage zu bezweifeln, ob alles das stimmt, was Peter Wehle, den ich sehr geschätzt habe, zu diesem Thema sagt. Ich halte es aber für gut und richtig, dass er in diesem »Wörterbuch des Wienerischen« auch den Grantscherben aufgenommen hat. Es gibt ganz bestimmt ähnliche Wortschöpfungen für Missmutige auch jenseits des viel zitierten »Weißwurstäquators«. Keines freilich scheint mir so treffend wie das österreichische.

Aber gestatten Sie mir, dass ich diesen ersten Ausflug in das Gegenteil der Heiterkeit noch ein wenig verlängere. »Missmut« heißt auf Deutsch, was »Grant« auf Wienerisch bedeutet. Jeder weiß, was Missmut ist. Allein, haben

Sie schon einmal darüber nachgedacht, wie skurril es ist, das Wort zu zerlegen, es in seine Teile aufzuspalten? Dann merken Sie, dass die durchaus positiv verwendete Bezeichnung »Mut« durch die negative Vorsilbe in eine traurige verkehrt wird.

Alles, was »miss« heißt, ist schlecht. Ob da eine Verwandtschaft mit dem Wort »mies« besteht, weiß ich nicht. Dass Mut heutzutage erstens rar und zweitens nicht immer wertvoll scheint, ist ein anderes Kapitel, auch wenn Friedrich Schillers Schlussfolgerung nicht mehr stimmt, die da lautete: »Mut zeiget auch der Mameluk, Gehorsam ist des Christen Schmuck.«

Ich bin abgewichen, weit sogar. Folgen Sie mir auf den Rückweg. Ein Grantscherben lacht nicht gerne. Er findet nichts komisch. Er hat keinen Humor. Wieder Zwischenfrage – und da sind wir beim Thema: Was ist Humor? Es gibt vielerlei Interpretationen, mit denen ich Sie nicht langweilen will. Lassen Sie mich bloß eine Erklärung dieses menschlichen Phänomens präsentieren, die ich – wo denn auch sonst? – im Brockhaus gefunden habe:

»Humor, lateinisch *umor* (Flüssigkeit): Die vorwiegend heitere Gemütsbeschaffenheit, Stimmung, Gelassenheit. Die Bezeichnung Humor bedeutete zunächst nur Laune, (gute oder schlechte) Stimmung. Sie geht zurück auf die Meinung von Hippokrates, Galen und der mittelalterlichen Medizin, die Temperamente des Menschen beruhten auf der verschiedenen Mischung von Säften (humores), also den Sekretionsverhältnissen. Über das Altenglische und Altfranzösische ist sie ins Deutsche gekommen. (Im Englischen unterscheidet man noch heute zwischen *good humour* and *bad humour*, guter und schlechter Laune).«

Als Erscheinungsform ist Humor Teil der ästhetischen Grundgestalt des Komischen. Schwarzer Humor ist das

Scherzen mit dem Schrecklichen und Grauenhaften und das herausfordernde Spiel mit dem Teuflischen. Galgenhumor ist die Heiterkeit im Bewusstsein des unmittelbar bevorstehenden Sterben-Müssens.

Es ist dem Brockhaus zu verzeihen, dass er über den Humor eine so ausführliche, ja zum Teil philosophische Beschreibung bringt, während der Grant nur mit dem Vornamen Cary und mit jenem eines amerikanischen Präsidenten, nämlich Ulysses, vorkommt.

Aber belasten wir uns nicht weiter mit lexikalischen Zitaten, obwohl der Humor sogar Gegenstand einer Wissenschaft ist – gibt es denn irgendeinen Bereich, und sei es der kleinste, der nicht wissenschaftlich interpretiert, behandelt und zergliedert werden kann? Und weil dem so ist, entstand der Kongresstourismus: Wissenschaftler aller Länder, vereinigt euch! In unserem Fall sind es die Humorologen. – Lachen Sie nicht, obwohl wir vom Lachen reden, es gibt sie wirklich! Und natürlich schätzen sie es, einander auf einem Kongress zu treffen. Der deutsche Schriftsteller Gabriel Laub hat an einem solchen Rendezvous von 200 Humorologen in Tel Aviv teilgenommen und erzählt nicht ohne Humor, dass auf diesem Kongress, der sich, wie Laub berichtet, »mit verschiedenen Aspekten der Science of Humor« beschäftigte und von Professor Avner Ziv von der Universität Tel Aviv geleitet wurde –, dass also auf diesem Kongress von Humor keine Rede gewesen sei. Aber immerhin habe Ephraim Kishon – immer vorausgesetzt, dass Laub seine Leser mit seinem Bericht nicht frotzeln wollte – statt Art Buchwald, der nicht kam, den Eröffnungsvortrag gehalten, unter dem Titel »Gibt es einen spezifisch israelischen Humor? Und wenn ja, warum nicht?«

Noch einmal vorausgesetzt, dass die Erzählung Laubs auf einer wahren Begebenheit beruht, erinnert mich

Kishons Vortragstitel an die unzähligen Dinnerreden und Vorträge, die ich in Amerika und von Amerikanern in Österreich gehört habe und deren ehernes Gesetz darin bestand, mit einem Witz oder einer humoristisch aufgezogenen Erzählung zu beginnen: Dann durfte das Publikum einnicken.

Das freilich kann auch ein Kriterium fernöstlicher Humorologie sein. So las ich in der »Neuen Zürcher Zeitung« – Sie wissen: Zürich ist doppelt so groß wie der Wiener Zentralfriedhof, aber nur halb so lustig – einen fast neidvollen Bericht über einen Inder, der einen »Laughter Club« gegründet hat. Offenbar eine Vereinigung von Lachwurzen – auch dies ein österreichischer Ausdruck, den man freilich in keinem Lexikon findet. Der lachsüchtige Inder heißt Madan Kataria und empfiehlt ein in sieben Stufen eingeteiltes »yogisches« Lachen, das möglich sei, ohne dass Witze erzählt würden. Vielmehr bestehe dieses yogische Lachen aus tiefem Atmen, einer Vielzahl von simulierten Lachformen und Streckübungen und vor allem aus einem Lachen über sich selbst.

Dieses Lachen über sich selbst können sich freilich auch westliche Autoren augenscheinlich nicht verbeißen, die über die Philosophie des Lachens schreiben, und zwar nicht ab und zu, sondern offenbar bisweilen nur ab. Da beginnt etwa das Kapitel »Philosophien des Komischen und die Komödie der Philosophie«, entnommen dem Buch des Amerikaners Peter L. Berger, dessen englische Ausgabe 1997 und dessen deutsche Übersetzung 1998 im Walter de Gruyter Verlag in Berlin erschienen ist, mit folgendem Satz: »Die Geschichte der westlichen Philosophie beginnt mit einem Witz.« Die erste von zwölf »Vorlesungen«, die Konrad Paul Liessmann 1997 im Wiener Universitäts Verlag publizierte, fängt folgendermaßen an: »Die Philosophie, besser, die Geschichte der Philosophie, beginnt mit einem großen Lachen.«

Und dann zitieren beide eine Anekdote, die als Erster der griechische Fabeldichter Äsop erzählt haben soll und die über Platon zu uns gekommen ist: Ein Astronom (bei Platon bzw. Berger ist es Thales von Milet) ging aus dem Haus, blickte auf die Sterne und fiel in einen Brunnen. Liessmann schreibt: »Da schrie er vor Schmerz und rief nach Hilfe. Einer kam vorbei und hörte es, ging hinzu und sah, was vorgefallen war. Da sagte er zu ihm: ›Bist du also so einer, dass du sehen willst, was am Himmel ist, aber übersiehst, was auf der Erde ist?‹« Bei Peter L. Berger aber liest es sich so: »Wie auch den Thales, o Theodoros, als er, um die Sterne zu beschauen, den Blick nach oben gerichtet, in den Brunnen fiel, eine artige und witzige thrakische Magd soll verspottet haben, dass er, was im Himmel wäre, wohl strebte zu erfahren, was aber vor ihm läge und zu seinen Füßen, ihm unbekannt bliebe.«

Aber egal nun, ob Berger oder Liessmann, ob Äsop, Thales, Platon oder Sokrates, wir wissen jetzt, dass Philosophie und Lachen keine Gegensätze sind. Im Gegenteil. Wir sehen vielmehr, dass uns von Peter L. Berger und Konrad Paul Liessmann zwei Wege gezeigt wurden, die man beschreiten kann, um diese beiden Begriffe, nämlich Philosophie und Lachen, zu verbinden. Liessmann kommt über das Lachen zur Philosophie. Berger kommt über die Philosophie zum Lachen. Im Grunde wollen beide das Gleiche. Darf man ihnen da einen Vorwurf machen, wenn sie gelegentlich nicht nur das Gleiche wollen, sondern auch das Gleiche schreiben?

Vorerst darf ich als ein anderes Beispiel den Engländer Thomas Hobbes erwähnen, der um die Mitte des 17. Jahrhunderts lebte und schrieb, und der das Lachen als eine der schlimmsten Eigenschaften des Menschen bezeichnete: Sein Zweck sei die Steigerung des Selbstgefühls auf Kosten der weniger Glücklichen.

Aber stimmt das wirklich? Immer wieder wird in wissenschaftlichen Büchern, die sich mit dem Lachen befassen, die am Ende doch auch philosophische Frage gestellt, warum ein gleiches Ereignis Mitleid und Spott verursachen kann, je nachdem, wem es passiert. Stellen wir uns vor, dass ein großer Mann und ein kleines Kind gleichzeitig über einen von Glatteis überzogenen Gehsteig laufen. Beide stürzen. Ist es nicht so, dass man mit dem Kind Mitleid hat, während man über den Mann lacht, und sei es nur insgeheim? Es erinnert mich dies an die Verwunderung eines Indianers, der feststellt, dass der Mund eines Weißen Wärme und Kälte verbreiten kann. Wenn seine Hände kalt sind, haucht er. Wenn sein Tee zu heiß ist, bläst er.

Auf den stürzenden Mann und das fallende Kind umgemünzt heißt dies, dass nicht nur der Mund, sondern auch die Seele nahezu gleichzeitig verschieden reagiert. Es wird gelacht, wenn die Stärke sich schwach erweist, beziehungsweise wenn Stärke und Schwäche miteinander verglichen werden können. Damit hängt meiner Meinung nach auch zusammen, dass es besonders komisch wirkt, wenn ein Starker – es muss nicht nur von Körperkraft, sondern es kann auch vom Hirn die Rede sein – mit einem Schwachen zusammengespannt wird. Das kommt oft bei den Clowns im Zirkus vor, wobei der vermeintlich Schwache sich am Ende als durchaus Starker erweisen kann. Das ist immer wieder im Kino der Fall, wenn der eine Partner Stärke und der andere Schwäche aufweist, zur Freude der Zuschauer, die das Stark-Schwach-Syndrom als ungemein lächerlich empfinden. Dean Martin und Jerry Lewis waren so ein Paar, Bud Spencer und Terence Hill und in der Schwarzweiß-Ära Pat und Patachon oder Stan Laurel und Oliver Hardy. Was aber die Gefühllosigkeit betrifft, ohne die man nach dem Philosophen Henri Bergson nichts lächerlich finden kann, so hängt dies nicht zuletzt auch mit dem möglicherweise atavistischen Wunsch zusammen, den anderen zu demütigen.

Dazu ein Gedicht von Wilhelm Busch, das ich Ihnen nicht vorenthalten möchte:

Ein Philosoph von ernster Art,
Der sprach und strich sich seinen Bart:
Ich lache nie. Ich lieb es nicht,
Mein ehrenwertes Angesicht
Durch Zähnefletschen zu entstellen
Und närrisch wie ein Hund zu bellen;
Ich lieb es nicht, durch ein Gemecker

Zu zeigen, dass ich Witzentdecker.
Ich brauche nicht durch Wortvergleichen
Mit andern mich herauszustreichen,
Und zu ermessen, was ich bin,
Denn dieses weiß ich ohnehin.

Das Lachen will ich überlassen
Den minder hoch begabten Klassen.
Ist einer ohne Selbstvertraun
In Gegenwart von schönen Fraun,
So dass sie ihn als faden Gecken
Abfahren lassen oder necken,
Und fühlt er drob geheimen Groll
Und weiß nicht, was er sagen soll,
Dann schwebt mit Recht auf seinen Zügen
Ein unaussprechliches Vergnügen.

Und hat er Kursverlust erlitten,
Ist er moralisch ausgeglitten,
So gibt es Leute, die noch immer
Noch dümmer sind als er und schlimmer,
Und hat er etwa krumme Beine,
So gibt's noch krümmere als seine.
Er tröstet sich und lacht darüber
Und denkt: Da bin ich mir doch lieber.
Den Teufel lass ich aus dem Spiele.
Auch sonst noch lachen ihrer viele,
Besonders jene ewig Heitern,
Die unbewusst den Mund erweitern,
Die, sozusagen, auserkoren
Zum Lachen bis an beide Ohren.
Sie freuen sich mit Weib und Kind
Schon bloß, weil sie vorhanden sind.

Ich dahingegen, der ich sitze
Auf der Betrachtung höchster Spitze,
Weit über allem Was und Wie,
Ich bin für mich und lache nie.

Der Philosoph, der solche Gedanken hegt, bewegt sich ganz knapp an der Grenze zu jener Regung, die ich ganz am Anfang beschrieben habe. Er neigt zum »Granteln«. Er ist grantig. Warum eigentlich? Man kann, wie wir gesehen haben, gewiss auch in der Philosophie – wenn auch nicht über sie – lachen. Lassen Sie mich zum Abschluss dieses Kapitels von jenem Rabbi erzählen, der philosophierend die Sonne betrachtet, wie sie sich hinter den Horizont senkt und den Himmel rot färbt. »Wie schön«, sagt der Rabbi, »wie schön die Sonne untergeht im Westen. Aufgehen tut sie im Osten.« Und er streicht sich den Bart und klärt: »Was wär', wenn die Sonne tät aufgehen im Westen und untergehen im Osten?« Und er streicht sich den Bart und klärt: »Das Morgenland möcht heißen Abendland und das Abendland möcht heißen Morgenland!« Und er streicht sich den Bart und klärt: »Der ganze Lauf der Welt möcht sich geändert haben!« Und dann schweigt er einen Augenblick, streicht sich den Bart und sagt: »Meine Sorgen möcht ich haben.«

Da philosophier' ich lieber über das Wesen des Lachens.

LUCY UND DIE EVOLUTION
Wer hat zuerst gelacht?

Das Affenhaus im Tiergarten Schönbrunn ist für mich immer schon eine Attraktion allererster Ordnung gewesen. Es ist zwar eines der letzten Relikte einer Tierhaltung, wie sie längst unmodern geworden ist, aber das hat mich als Kind nicht gestört. Ich habe mich auch nicht mit der immer wieder zumal von Karikaturisten gezeichneten Frage befasst (und sie gleich auch beantwortet), ob die Besucher vor der Glaswand den Affen nicht ebensolches Vergnügen bereiten wie die Bewohner dahinter den Gästen. Ich habe allerdings an Kinder und Kindeskinder weitergegeben, was mich seinerzeit schon mein Vater gelehrt hatte: Dass die Affen die Vorfahren der Menschen seien.

Können Affen lachen? Gehen wir die Sache anders an. Haben Primaten – jene Lebewesen, die, primitiv gesagt, als Vorstufe zum Menschen angesehen werden können – schon lachen können, ehe sie Menschen wurden? Ich weiß, dass dies nicht nur völlig unwissenschaftlich gefragt ist, sondern auch allzu simplifiziert ausgedrückt. Fangen wir also nochmals von vorne an: Wann hat der Mensch das Lachen gelernt?

Haben Primaten sich verständigen können und haben sie auch schon jene Signalwirkung erkannt, die dem Lachen innewohnt? Das Lachen, wird mir erklärt, sei ein »vorsprachliches Signal«. Es hat also schon existiert, bevor es eine Sprache gab, diese »Verständigung mit Worten aufgrund der Bildung von Begriffen«. Eine Verständigung an sich gibt es natürlich auch im Tierreich.

Kehren wir zu den Affen zurück, zu den echten Affen, den Schimpansen, die uns Menschen, ob wir es nun mögen oder nicht, am nächsten stehen, entwicklungsmäßig jedenfalls. Wir meinen, sie immer wieder lachen zu sehen – vor allem in Fernsehserien. Sie tun es, glaube ich, ebenso wenig, wie sie schmunzeln, wenn wir ihnen einen Witz erzählen. Filme, die solches zeigen, sind Humbug, reine Phantasie. Ich glaube, dass jene Biologen und Tierpsychologen Recht haben, die immer wieder vom Spielgesicht sprechen. Und wenn Affen, Schimpansen zumal, die Zähne fletschen, muss dies nicht unbedingt ein Ausdruck der Zuneigung sein. In der Evolution war das Lachen zuerst keines. Es war ein Zähnefletschen und daher ein Zeichen der Aggressivität. Später, wird mir erklärt, hat sich daraus das Spielgesicht entwickelt.

Heute folgen wir Menschen, ohne es zu wissen, in gewisser Hinsicht dem Mienenspiel unserer äffischen Vorfahren. Wenn wir das viel zitierte »Cheese« sagen, um in die Kamera zu lächeln, zeigen wir die Zähne – sofern wir noch welche haben. Das heißt nicht, dass wir den Fotografen am liebsten auffressen würden, obgleich wir, wenn es um Gruppenaufnahmen geht, einer solchen Versuchung gerne erliegen würden. Aber das Zähnezeigen beim Lachen ist nichts als eine Fortsetzung des Fletschens der Primaten, nur dass es dem Menschen gelungen ist, das Lachen gewissermaßen zu domestizieren. Und auch das Lächeln, wobei – aber das würde fast wieder in den Bereich der Philosophie gehören – die Franzosen sogar sprachlich ausdrücken, dass das Lächeln gewissermaßen eine Vorstufe des Lachens ist. Sie nennen es »sourire« und das Lachen »rire«. Wörtlich könnte man es als »Unterlachen« bezeichnen, weil »sous« im Deutschen »unter« heißt.

Aber lassen wir die Theorie, mit der ich mich, wie ich fürchte, ohnehin als Laie (und Journalist zumal) unausgesetzt auf Glatteis begebe. Freilich bedarf auch die »Evolution der Lachenden«, wie wir Nicht-Fachleute sie verstehen können, einiger Phantasie.

Wenn das Lachen vor der Sprache kam, ist es vielleicht mit einem Instinkt zu vergleichen. Es ist »etwas so Urmenschliches, dass es dem Menschen angeboren ist, er muss es nicht lernen«, lese ich in der Zeitschrift »Medizin populär«, daher können auch Blinde lächeln. Aber ein Phänomen, das mit dem Lächeln und Lachen zusammenhängt, habe ich noch nie erklärt bekommen. Gewiss, Kinder, die ein Strichgesicht zeichnen, geben der Mimik dieses primitiven Konterfeis entweder einen lächelnden oder einen traurigen Ausdruck, je nachdem, ob sie den Mund hinauf oder hinunter zeichnen. Nun stellt sich aber heraus, dass, wie ich meine, die meisten der kleinen Zeichner die Mundwinkel ihres »Punkti, Punkti, Strichi, Strichi«-Gesichts als Smiley konterfeien, also lächelnd. Ist nicht auch dies ein Beweis, dass das Lächeln vor dem Weinen kommt und gewissermaßen angeboren ist?

Angeboren sein: Das führt wieder zurück zur Frage, ob auch die Tiere lachen können – was ich verneine, weil Lachen eine der wenigen Ausdrucksformen ist, die den Menschen vom Tier unterscheiden. Es ist eine urmenschliche und gleichzeitig eine ur-menschliche Fähigkeit, ein Gefühl auszudrücken. »Es gibt keine Komik außer in der menschlichen Sphäre«, schreibt Henri Bergson.

Was freilich Gefühle betrifft, so sind diese keineswegs auf die menschliche Natur beschränkt. Das wissen wir nicht erst, seit es Tierschutzvereinigungen gibt. Das hat schon Charles Robert Darwin uns überliefert, der berühmte britische Biologe, dessen umfangreiches Werk »Von der Entstehung der Arten« sich mit der Evolutionstheorie, freilich aus der Sicht von 1859, befasst hat. Er schreibt über die Tiere: »Alle haben sie dieselben Sinneseindrücke und Empfindungen, ähnliche Leidenschaften,

Affekte und Erregungen, selbst die komplexeren, wie Eifersucht, Verdacht, Ehrgeiz, Dankbarkeit und Großherzigkeit; sie üben Betrug und rächen sich; sie sind empfindlich für das Lächerliche und haben selbst einen Sinn für Humor: Sie fühlen Verwunderung, Neugierde, besitzen dieselben Kräfte der Nachahmung, Aufmerksamkeit, Überlegung, Wahl, Gedächtnis, Einbildung, Ideenassoziation, Verstand, wenn auch in verschiedenen Graden.« Eines aber können die Tiere nicht: lachen. Zwar berichtet Darwin von einem jungen Schimpansen, der, wenn er gekitzelt wurde, einen Laut äußerte, »der näher nach Kichern oder Lachen klingt, obwohl dieses Gelächter zuweilen geräuschlos ist«. Erinnern wir uns an den Sniff! Darwin meint, die Mimik »lachender« Tiere sei jener der Menschen ähnlich. Aber: »Woran es liegt, dass die Laute, welche der Mensch hervorbringt, wenn er vergnügt ist, durch ihre Wiederholung den eigentümlichen Charakter des Lachens annehmen, das wissen wir nicht.«

Nun hat sich, wie wir wissen, die Auffassung durchgesetzt, dass auch Pflanzen eigentlich Lebewesen seien, und dass sich eigentlich die Darwin'sche Charakteristik der Parallelität von Gefühlen auch auf die Flora ausdehnen lasse. Angeblich gedeihen ja Zimmerpflanzen besser, wenn sie menschliche Zuneigung spüren, und sie seien irgendwie enttäuscht, wenn man ihnen diese Zuneigung entzieht, und zeigen es auch: Sie welken dahin. Sie empfinden, kann man immer wieder hören, Schmerz und Freude, sie haben Gefühle wie andere Lebewesen auch – siehe Darwin.

Ob das wirklich stimmt, weiß ich nicht. Aber eines weiß ich: Pflanzen mögen weinen können. Aber lachen können sie nicht. Das ist einzig und allein dem Menschen vorbehalten. Ich glaube, dass wir darüber froh sein sollten.

Die Komikkultur und der IQ
Warum die Menschen den Villacher Fasching mögen

Ich habe während meiner Mittelschulzeit durchwegs eine schlechte Betragensnote gehabt. Ich bin ein Schwätzer gewesen – und vor allem, das habe ich schon ganz am Anfang erzählt, ein Lacher. Das haben diese Damen und Herren am Katheder (es hat ihn damals noch gegeben, dieses imponierende Pult, dem nur Kreuz und Kerzen fehlten, um es zum Einrichtungsgegenstand eines Gerichtssaals zu machen), das haben die Professoren und Professorinnen gar nicht gern gehabt. Ich weiß nicht, wie oft ich ins »Klassenbuch« eingetragen wurde: Chorherr schwätzt, Chorherr lacht ...

In meinem späteren Leben ist mir zeitweilig, wenngleich nur kurz, das Lachen vergangen. In der Schulzeit freilich ist man unbeschwert. Es gibt genug Anlässe zum Lachen. Mich wundert, dass ich mich an diese wesentlich deutlicher erinnere als an jene, die Enttäuschung, Zorn, vielleicht auch Tränen zur Folge hatten.

Was tut man, wenn ein in Ehren ergrauter Deutschprofessor, der noch dazu der Direktor ist, die Verkürzung eines Wortes, angezeigt durch ein Apostroph, am Beispiel eines »G'strampften« demonstrieren will und ein paar bäuerliche Schritte tut? Die Klasse bewunderte ihn. Ich lachte laut – und wurde samt einem Kameraden, der ähnlich reagiert hatte, in die Direktionskanzlei bestellt. Dort rutschte dem seriösen Chef des Hauses plötzlich die Brille von der Nase. Ich lachte. Die Absolution erteilte ich mir selbst. Es war eine komische Situation. Eine lächerliche, eine zum Lachen. Für mich jedenfalls. Sie wissen, warum.

Lächerlich? Lachhaft? Zum Lachen? Sie werden vielleicht meinen, dass es keinen Unterschied zwischen diesen drei Begriffen gäbe. Ich wage zu behaupten, dass sie sehr wohl unterschiedlich zu verstehen sind. Wenn Sie mich aber fragen, worin dieser Unterschied bestehe, muss ich schweigen – oder versuchen, an einem Beispiel zu erläutern, was ich meine.

Eine Begebenheit, diesmal aus der Kinderzeit. Meine Mutter nimmt mich zum Einkaufen mit. Auf der Straße begegnet uns ein Mann, der ein Dirndlkleid trägt. Ein Transvestit? Ein Verrückter? Ich weiß es nicht. Aber der Fünfjährige lachte jedenfalls. Was den Erwachsenen lächerlich schien, war für das Kind zum Lachen.

Die Geschichte geht weiter. Ich fragte meine Mutter, warum dieser Mann denn als Frau herumspaziere. Wie erklärt man einem Fünfjährigen die Problematik einer ersehnten Geschlechtsumwandlung? In Ermangelung einer zielführenden Erläuterung, und um eine allfällige Diskussion zu unterbinden, wurde mir geantwortet: »Das ist ein Narr!« Und ich wurde an der Hand weitergezogen.

Hat schon damals der Journalist, sprich: die angewandte Neugier, durchgeschlagen? Ich riss mich los, lief dem fremdartigen Herrn nach und sagte, als er sich freundlich herunterbeugte: »Meine Mutti hat gesagt, du bist ein Narr!«

Nun will ich hier nicht das Wesen des Närrischen erläutern. Ich erinnere mich nur, dass der Mann im Dirndlkleid keineswegs böse war, keineswegs beleidigt, sondern freundlich lächelte und weiterging. Für ihn war der »Kindermund« ein Anlass zum Lächeln, für mich war der Frau-Mann einer zum Lachen, meiner Mutter und den anderen Passanten schien der offensichtliche Transvestit (War er es wirklich?) lächerlich. Anders kann ich den Unterschied leider nicht erklären; ich bitte wieder

einmal um Entschuldigung, wenn ich verstumme, wo doch Psychologen und Psychiater mich sofort eines Besseren belehren könnten.

Ein Mann in Frauenkleidern: Der Fünfjährige hat gelacht. Vom Mainzer bis zum Ausseer Fasching, vom Villacher gar nicht zu reden, biegen sich auch heute noch die erwachsenen Zuschauer vor Lachen, wenn sie solches sehen. Es muss eine von alters her offenbar ganz natürliche Reaktion sein, als Frauen kostümierte Männer ungemein komisch zu finden; auf dem antiken Theater etwa, wo auch in Komödien nur Männer auftraten, war dies eine Selbstverständlichkeit.

Was ist denn eigentlich wirklich das Komische, das Lächerliche, das zum Lachen Reizende an einer solchen Verkleidung? Ist es der jeweilige und ach so primitive Versuch, mit einer Fistelstimme die weibliche Tonart zu imitieren? Ist es die ungeheure Komik, die offenbar darin liegt, dass ein Mann ein Kopftuch und eine Schürze trägt und allenfalls noch einen Besen in der Hand hält? Sind es die behaarten Beine, die bei den Zuschauern lautes Gelächter zur Folge haben? Dabei kann ich nicht umhin ein Geständnis abzulegen. Es war an einem Silvesterabend in einem Schihotel und die Kostümierung der meisten Männer bestand darin sich mangels anderer Ideen als Frauen zu verkleiden. Ich wendete mich angewidert ab und dann ging es mir wie in Ionescos »Nashörnern«: Das Getrampel, in diesem Fall die Tatsache, dass immer mehr Männer als Frauen erschienen, war schließlich so groß, dass ich mich dem Zwang unterwarf. Ich lieh mir ein Dirndl aus. HaHa!

Ich weiß nicht, wer zuerst die Idee gehabt hatte, Männer als Frauen auftreten zu lassen und damit Komik zu erzeugen. Aber ein solches Slapstick-Arrangement garantiert jedenfalls den Erfolg einer Filmkomödie. Da war vor Jahren der zwerchfellerschütternde Streifen »Ich war eine männliche Kriegsbraut« mit Cary Grant. Da war der zurecht als eine der besten Komödien aller Zeiten gerühmte Billy-Wilder-Film »Some like it hot«. Tony Curtis und Jack Lemmon verdingen sich verkleidet in einer Damenkapelle, in der auch Marilyn Monroe ein Instrument spielt. Einer der berühmtesten Sätze, gesprochen in diesem Film, ist seither zum geflügelten Wort geworden: »Nobody is perfect!« In Sydney Pollacks »Tootsie« spielt Dustin Hoffman eine Frau, um eine Rolle zu bekommen.

Die berühmteste aller Verkleidungskomödien freilich ist »Charleys Tante«, ursprünglich ein Bühnenstück von Brandon Thomas, das mehrmals verfilmt wurde. Das erste Mal wurde die Geschichte des Oxford-Studenten, der als »Anstandsdame« zwei Kollegen begleitete, 1934 für den deutschen Film adaptiert, dann wieder 1955 mit Heinz Rühmann und Walter Giller, schließlich noch 1963. Im Filmlexikon steht darüber: »Österreichische Variation des harmlosen Verkleidungsschwanks – diesmal zieht ein Diplomat das Damenkostüm an. Eine bodenlos blöde Spießer-Belustigung.« Es konnte dann natürlich nicht lange dauern, bis unter dem Originaltitel »The sexy dozen« eine weitere Version entstand: »Charleys Tante nackt«.

Warum eigentlich, frage ich mich immer wieder, warum eigentlich ist es so ungemein komisch, wenn ein Mann als Frau auftritt und keineswegs spaßig, wenn das Umgekehrte stattfindet: wenn eine Frau als Mann auftritt? Ich meine jetzt keineswegs die verschiedenen Möglichkeiten einer tatsächlichen Geschlechtsumwandlung oder allfällige andere Faktoren, die der Frau eine Männerrolle zumessen. Ich meine die Verkleidung, und auch da nicht mögliche modische Extravaganzen, sondern ganz einfach Frauen, die auf der Bühne oder im Film als Männer kostümiert sind. Das müsste doch genauso komisch sein wie im anderen, im umgekehrten Fall. Ist es aber nicht. Warum?

Was komisch ist oder zum Lachen oder lächerlich oder gar lachhaft (Wohlgemerkt: Da gibt es, wie gesagt, Unterschiede), hängt davon ab, welchem Kulturkreis derjenige angehört, der etwas komisch finden soll. Es hängt aber auch, ja vor allem, meinen diese Theoretiker, vom Intelligenzniveau ab. Vorerst nur eines: Es wäre falsch, an der Intelligenz aller dumm Lachenden zu zweifeln oder sie gar als dumm zu bezeichnen. Die »Komikkultur« hat da viel eher etwas mit dem erwähnten Kulturkreis zu tun, und der kann auch eng begrenzt sein. Wer über die Fernsehserie »Kaisermühlen-Blues« lacht, ist, was seinen

IQ betrifft, sicher nicht weniger bemittelt als jemand, den ein jüdischer Witz zum Schmunzeln bringt.

Komikkulturen en miniature gibt es »in Familien, Freundeskreisen oder anderen Gruppen in konstanter direkter Kommunikation«. Als Beispiel führt der erwähnte Peter L. Berger Situationen an, die den meisten Menschen ab einem gewissen Alter und einem entsprechenden Familienstand geläufig sein dürften. »Die Komikkultur einer Familie wird häufig von den kleinen Kindern geprägt.« Im Klartext: Wenn ein Dreijähriger etwas von sich gibt, das die Familie besonders lieb, aber auch komisch findet, wird unverzüglich gelacht, wenn ein Mitglied dieser Familie irgendwann einmal an diese gelungene Sentenz erinnert. Dann genügt ein Stichwort, um unbändiges Lachen hervorzurufen, aber nur bei den Eingeweihten. Außenseiter haben dann Probleme. Sie müssen zu dieser Art von Komikkultur erst finden.

Ein interessantes Beispiel, meint Berger, sei die langsame Zueinander-Entwicklung von Ehepartnern: »Nach einigen Jahren kann der Partner die komischen Vorfälle aus dem Leben des anderen ebenso gut oder sogar besser erzählen wie jener, dem sie zugestoßen sind.« Je älter die Ehepaare, desto öfter besteht Gelegenheit, gemeinsam zu kichern. Mit einer Ausnahme. Wehe, die alten Ehepaare versuchen gemeinsam einen Witz zu erzählen. Dann liegt Streit in der Luft. Vor allem dann, wenn einer von ihnen die falsche Pointe hervorbringt.

Mir sind solche falsche Pointen immer noch lieber als die vermeintlich guten, die vor einem Massenpublikum produziert werden. Aber es scheint offenbar auch so etwas wie eine Witzkultur zu geben. Inwieweit sie mit dem Intelligenzniveau zusammenhängt, wage ich nicht zu erforschen.

Hephaistos und sein Buckel
Das »Homerische Gelächter« – Spott oder Rache?

Das humanistische Gymnasium steht auf dem Aussterbe-Etat. Das ist schade. Mein Lateinprofessor – er ist später an die Universität gegangen – hat uns immer vom »Geist der Antike« erzählt, und wir haben gebannt zugehört. Unser Griechischprofessor – auch er wurde Universitätslehrer und am Ende gar Rektor der Alma-Mata-Rudolphina – hat nicht gepaukt, sondern erklärt. Schon 1948 haben wir am Akademischen Gymnasium griechische Tragödien aufgeführt – teilweise in der Sprache Homers. Die Mythologie der Römer und Griechen war für uns etwas, das wir nicht nur mit Interesse lasen, sondern eine Materie, in der wir beinahe lebten.

Französisch statt Griechisch. Englisch statt Latein. Bei allem Verständnis für seine Notwendigkeit schmerzt mich dieser Wandel. Es ist schade um den Geist der Antike. Da nützt es auch nicht, wenn ein Vorarlberger Schriftsteller im Radio von Zeus und Hera erzählt.

Die Götter müssen verrückt sein. Ist nicht eine Coca-Cola-Flasche vom Himmel gefallen? Wir haben sehr gelacht, damals, als ein südafrikanischer Film das Staunen der Buschmänner zeigte, die natürlich nicht ahnten, dass die Emballage aus einem Flugzeug geworfen worden war.

Die Götter müssen verrückt sein. Vielleicht haben sie sich, als sie die Überraschung der Menschen auf der Erde sahen, königlich – pardon: göttlich – amüsiert. Vielleicht haben sie ein göttliches Gelächter angestimmt. Ein homerisches gewissermaßen. Ein homerisches Gelächter.

Die Götter müssen verrückt sein. Aber lassen wir einen Augenblick die Frage beiseite, ob sie wirklich so verrückt waren, wie sie Jahrtausende später von den Buschmännern – die, nota bene, in ihrer Entwicklungsstufe zwar nicht in der homerischen, aber doch in einer ganz anderen Zeit gelebt haben – bezichtigt wurden. Lassen Sie sich von mir kurz in jene Zeit entführen, da Homer, einer der größten Dichter aller Zeiten, seinen Lokalaugenschein auf dem Olymp absolvierte. Da wird unter anderem eines der Feste beschrieben, die von den Unsterblichen so oft und so gern gefeiert worden sind. Sie haben dabei immer wieder gelacht – kein Wunder, da sie ja beschwipst waren, leicht illuminiert, und warum? Ich darf Homer zu Wort kommen lassen:

Lächelnd nahm sie vom Sohn mit der Hand entgegen den Becher.
Er aber schenkte rechtsherum den Unsterblichen allen
Duftenden Nektartrank, den er schöpfte aus mächtigem Kruge.
Unermessliches Lachen erscholl bei den seligen Göttern,
Wie sie Hephaistos schnaufend sich tummeln sahen im Saale.
Also den ganzen Tag bis spät zur sinkenden Sonne
Schmausten sie; nicht entbehrte das Herz des gebührenden Mahles,
Nicht des Saitengetöns von der herrlichen Leier Apollons,
Noch der Musen, die wechselnd erhoben die lieblichen Stimmen.
Aber nachdem die strahlende Leuchte des Tages gesunken,
Gingen sie auszuruhen, zur eigenen Wohnung ein jeder,
Dort wo jedem sein Haus der herrliche, gliedergewandte
Künstler Hephaistos gebaut mit erfindungsreichem Verstande.
Zeus auch schritt zum Lager, der blitzgewaltige Herrscher,

Wo er sonst schon geruht, wenn der liebliche Schlaf ihm genaht war:
Das bestieg er und schlief, bei der goldenthronenden Here.

Lassen wir Zeus schlummern und fragen wir lieber, ob das erwähnte göttliche Gelächter der Himmlischen der Erwartung des berauschenden Nektars gilt oder dem Hephaistos, der ihn kredenzt – oder vielleicht allen beiden. Und weil wir schon dabei sind, möchte ich auch noch erzählen, was es denn mit diesem Hephaistos, der offenbar Zielscheibe des Lachens wurde, für eine Bewandtnis hat, und nicht zuletzt, was seine Mutter Hera mit all dem zu tun hat.

Aber schön der Reihe nach. Bleiben wir beim Gelächter an sich. Von »Asbestos gelos« haben Homers Zeitgenossen gesprochen, von »unauslöschlichem Gelächter«. Sie haben, wie wir wissen, ihre Götter ja als menschenartig verstanden, mit menschlichen Regungen und Gefühlen; die Halbgötter waren, wie schon der Name sagt, noch mehr menschlich, anthropomorph. Menschen feiern Feste, die Götter hoch auf dem Olymp tun, wie gesagt, das Gleiche.

»Apollo aber, von Lichtglanz umflossen, durchwandelt mit der Laute die schönen freundlichen Reihen. Doch nicht immer sind diese Feste so ganz voll feierlicher Würde; auch fröhlicher Scherz findet Eingang, und wenn Hephaistos, der hinkende Feierarbeiter, die Becher umherreicht, gutmütig geschäftig in der Weise des ehrbaren Handwerks, dann ...« Aber das wissen wir schon. Dann lachen die Götter, und zwar homerisch. Sie lachen über den Hinkenden, der angeblich auch einen Buckel gehabt hat. Sie lachen ihn aus. Sie tun das, was man nicht tun soll, nicht tun darf. Sie amüsieren sich über einen Behinderten.

Aber wie kam es zu dieser Behinderung des Hephaistos, die den Götterchor zu solchem Gelächter herausforderte? Vorerst muss man wissen, dass Hephaistos ein Sohn der Hera war, die ihn ohne Zutun eines Mannes geboren hatte – aus purem Zorn. Denn Zeus, ihr Gemahl, hatte ja auch die Athene ohne Frau das Licht der Götterwelt erblicken lassen, sie entsprang seinem Kopf. Aber Athene war schön und Hephaistos war offenbar schon von Geburt aus missgebildet. Hera vergaß die natürlichste Regung einer Frau, die Mutterliebe, fasste das Kind bei den schwächlichen Beinen und schleuderte es auf die Erde. Dass dies den unteren Extremitäten nicht gerade gut tat, kann man sich vorstellen.

Hephaistos, dessen Qualitäten außer in der Schmiedekunst auch noch auf anderen Gebieten zu liegen schienen, heiratete Aphrodite, die Königin der Liebe. Die wieder betrog ihn – menschlich, allzu menschlich – mit Ares, dem Kriegsgott. Hephaistos ertappte die beiden im Bett und warf ein Netz über sie – sie waren gefangen. Dann rief er die anderen Götter und die stimmten wieder einmal an, was wir schon kennen: ein homerisches Gelächter.

Das Werbesignal in der Tanzschule

Was die Körperhaltung dem Wissenden verrät

Ich bin zum »Elmayer« gegangen, dieser berühmten Wiener Tanzschule. Der alte Herr Oberstleutnant hat uns Benimm beigebracht. Er zeigte uns, wie man schreitet und nicht geht, wie man die Dame umfängt und nicht an sich drückt beim Tanzen, und vor allem auch, wie man sich vorstellt, wenn man eine Partnerin, die man noch nicht kennt, zum Walzer auffordert: »Ich mache ein Nickerchen, lächle und sage nett ›Elmayer‹!«

Das Wort »nett« enthielt alles, was notwendig war, vor allem das Lächeln. Wir wussten damals noch nichts von sexueller Anziehung – oder glaubten jedenfalls, sie nicht zu kennen. Wir wussten auch nicht, was die Körperbewegung mit der Kommunikation zu tun hat. Und am allerwenigsten wussten wir, dass Lachen oder Lächeln einerseits und die Körperhaltung andererseits ungemein viel aussagen können.

Szene 1: Sie sind beim Heurigen. Ich durfte Sie begleiten, unerkannt, sogar ungesehen, so wie das legendäre Mauserl, das in dem berühmten Wienerlied vom »Penzinger Kircherl« mit einem spätabends heimkehrenden Mäderl verglichen wurde: Sie huscht, heißt es da, wie ein Mauserl ins Haus. Ich bin also dieses Heurigenmauserl. Meinen scharfen Mausaugen und vor allem auch meinen Mäuseohren entgeht nichts.

Ich beobachte, dass Sie sich in einer Gesellschaft befinden, die eben eine Heurigengesellschaft ist. Eine lustige. Sie kennen einen Teil der Leute, aber nicht alle.

Und jetzt kommt's. Jetzt müssen wir unterscheiden, ob Sie eine Dame sind oder ein Herr. Sie wollen einen aus der Tischrunde kennen lernen, den Sie noch nie gesehen haben. Oder, wenn Sie ein Herr sind: Sie interessieren sich für eine Dame. Beides ist heute möglich, und der Einfachheit halber wollen wir jeweils vom »Partner« sprechen, auch wenn es sich um eine Partnerin handelt.

Szenenwechsel: Sie befinden sich auf einer Cocktailparty. Sie langweilen sich, was bei Cocktailparties nicht allzu selten passiert. Und da, plötzlich, taucht eine Dame oder ein Herr auf, die (der) für Sie interessant erscheint. Sie wollen näher bekannt werden. Sie hoffen gewiss nicht auf einen »One night stand«. Aber was nicht ist, kann ja noch werden, nicht wahr? Das Gleiche gilt im Übrigen auch für die Heurigenpartie. Da wie dort beobachte ich als ungesehenes, als virtuelles Mauserl, was nun passiert. Denn ich kann mir meinen Reim darauf machen.

Sie werden nun fragen, was dies mit Lachen zu tun hat. Sie werden sich wundern: Viel, sehr viel sogar. Das Lachen ist nämlich zusammen mit anderen »nonverbalen« Äußerungen ein Zeichen dafür, ob und wie stark Sie sich für den Partner interessieren.

Ich hätte nie gedacht, dass es diesbezüglich wissenschaftliche Untersuchungen gibt. Sehr genaue sogar, komplett mit Experimenten.

Wir stellen – immer vorausgesetzt, dass sie und er einander vorher nicht gekannt haben – eine Reihe von Signalen fest, die auf vorhandenes oder mangelndes Interesse hinweisen. Eines der Hauptsignale ist das Lachen – das leise (wie wahrscheinlich bei der Party) und das laute (wie beim Heurigen).

Zwischenbemerkung am Rande: Lachen ist – diese Feststellung zieht sich ja durch das ganze Buch – zumeist ein Zeichen der Lust, im Fall einer Gesellschaft der vorhandenen oder der erhofften Lust. Es ist ein Zeichen des Behagens. Vor allem aber ist es ein Zeichen der Kommunikation. Zwischenbemerkung zwei: Es ist im Grunde eine soziale Funktion. Grundsätzlich will man das Lachen kommunizieren. Man will gemeinsam lachen, oder man will jemanden zum Lachen bringen.

Gehen wir zurück zum Heurigen. Da können wir eine ganze Reihe von Signalen feststellen, die zur Aufgabe haben, Interesse am Partner zu signalisieren. Das Gleiche, wenn auch mit geringen Änderungen, spielt sich bei der Cocktailparty ab. Allererste Feststellung: Frauen sind da zurückhaltender als Männer. Ihre Signale sind leiser, aber trotzdem deutlich wahrnehmbar. Der Beginn freilich, gleichsam, um ein Schachspiel als Beispiel zu verwenden, der Eröffnungszug, unterscheidet sich nicht. Die Werbung – um eine solche handelt es sich ja, sie ist ge-

schlechtsneutral, auch wenn sie dann im Nichts enden sollte, die Werbung also ist vage, leise, ein Vorfühlen. Sie wird daher am besten nonverbal ausgedrückt, ohne Worte. Es manifestiert sich zum Beispiel im Anlächeln. Jede Bar kann da als Beispiel dienen, wobei hier die Signale gar nicht mehr so leise sind und die Augenkontakte absolut direkt. Interesse zu zeigen geht an solchen Plätzen zudem mit einer deutlichen Körpersprache einher – deutlicher zumeist als an den vorher erwähnten Orten, wo ein leises, zaghaftes, ja zurückhaltend keusches Lächeln den Beginn einer erwünschten Zweierbeziehung signalisiert.

Aber retour zu unseren gesellschaftlichen Veranstaltungen. Sie werden verstehen, dass ein verbales Signal, man lege auf intensiveren Kontakt Wert, gefährlich wäre. Man kann sich da in eine etwas unangenehme Situation begeben. Was, wenn die verbale Werbung zurückgewiesen wird? Wenn die Bitte um die Telefonnummer der Partnerin abgeschlagen wird? Wenn auf einer Seite zwar gesteigertes Interesse, auf der anderen aber nichts davon vorhanden ist?

Zwischenbemerkung drei: Jetzt scheiden sich die Geister. Jetzt wird die Geschlechtsneutralität von geschlechtsspezifischem Verhalten abgelöst. Jetzt reagieren Männer anders als Frauen.

Auf die Gefahr hin, dass solches als Beweis für Ungleichheit der Geschlechter gewertet wird: Die Männer haben es da leichter. Sie haben, scheint es, einen sechsten Sinn, ein Gespür für selbst das leiseste Interesse, das Ihnen von Seiten einer Frau signalisiert wird. Sie müssen in den meisten Fällen nicht fürchten, ebenso nonverbal zurückgewiesen zu werden, wie sie selbst es tun, wenn sie sich für eine Frau nicht interessieren. Die Frau hingegen muss zurückhaltend agieren, will sie nicht als das qualifiziert werden, das sie nicht ist. Sie kann – ebenso übrigens der Mann – ein Signal senden, das unverbindlich ist und doch, wenn es richtig verstanden wird, hoffnungsvoll. Es ist lautes Lachen, wobei jede Form der akustischen Wahrnehmung gemeint ist, zum Unterschied von Lächeln.

Lachen ist ein unverbindliches und dabei doch sicheres Signal. Sicher heißt, dass man sich vorerst noch nichts vergibt. Es ist zudem ein ritualisiertes Signal. Das heißt: Es bedeutet etwas anderes, wenn man laut lacht oder leise, wenn man kurz lacht oder lang.

Wenn man es nicht richtig versteht, und das gilt für beide Geschlechter, können die Konsequenzen, was die Kommunikation betrifft, fast katastrophal sein. Die Frau kann wortlos den Tisch verlassen oder sich bei einer Party genauso wortlos einem anderen Partner zuwenden, der Mann kann den Kopf abwenden.

Wenn die erhoffte Partnerin laut lacht und dabei Augenkontakt aufnimmt, ist für den präsumtiven Partner schon fast alles gewonnen. Jedenfalls aber ist das Lachen meistens von anderen Momenten der Körpersprache, zumeist der einladenden, begleitet, die allerdings eben durch das Lachen gleichsam spielerisch umfunktioniert werden: Es ist halt doch nicht ernst gemeint! Was wieder heißt – wie schon gesagt: Lachen ist eines von den sicheren Signalen, an näherem Kontakt interessiert zu sein.

Jedenfalls aber genügt es nicht allein, um zu zeigen, dass man am anderen Interesse hat oder solches beim besten Willen nicht aufbringen kann. Es braucht anderer »nonverbaler« Zeichen.

Bei Versuchen ist festgestellt worden, dass die Lachfrequenz keinen Einfluss auf das Interesse des jeweiligen präsumtiven Partners hat. Das heißt: Andere Signale müssen dem Lachen vorausgehen, das Lachen allein ist kein »Werbesignal«.

Und schließlich haben die Körperpositionen, die nach dem Lachen eingenommen werden, völlig verschiedene Bedeutung. Wenn eine Frau den Partner zwar anschaut, aber das Kinn auf die rechte Hand stützt und die linke quer über den Rumpf legt, hat sie am anderen kein Interesse; und wenn dieser die Arme hinter dem Kopf verschränkt, ist er an ihr sehr interessiert. Verstanden? Dann machen Sie es einmal nach.

Was Sie aber schnell probieren können, ist ein leichtes Neigen des Kopfes während des Lachens, wenn Sie ein Mann sind und eine ebenso leichte Schulterbewegung als Frau. Daneben gibt es natürlich eine ganze Reihe von anderen »nonverbalen« Körperbewegungen, die dem Wissenschaftler genau erzählen, was Sie gerade denken, wenn Sie lachen. Oder besser: Was Sie nicht denken, sondern unbewusst tun. Geben Sie also Acht! Und schauen Sie beim Heurigen in die Runde. Dann können Sie genau feststellten, wer an wem interessiert ist. Vorausgesetzt allerdings, dass Sie vorher einschlägige Arbeiten konsultiert haben. Aber unterhalten Sie sich lieber. Wenn es darauf ankommt, wissen Sie ohnehin, was gemeint ist.

Vom Mütterchen die Frohnatur
Lachen Frauen wirklich mehr als Männer?

Ich bin ein Kinofreak. Nennen wir es anders: Ich bin ein cinephiler Mensch. Durchaus kein Cineast, gewiss nicht. Mein Kinogehen vollzieht sich gleichsam gezielt. Jüngst war ich in einem Film, der durchaus keine lächerlichen Szenen enthielt. Neben mir saß eine Gruppe junger Mädchen, allesamt einer angesehenen Wiener Schule entstammend und offenbar gerade ins Teenager-Alter eingetreten. Sie waren entweder noch Kids oder bereits Teenies – man muss ja aufpassen, sich beim Newspeak nicht zu verheddern. Früher hätte man sie wohl »Backfische« genannt.

Sie kicherten den ganzen Film hindurch, grundlos, störend. Es war – zugegeben – eine Nachmittagsvorstellung. Meine Nachbarinnen haben mir zu denken gegeben. Ist Kichern ein Merkmal des Frauenlachens?

Frauen lachen mehr als Männer. Das ist eigentlich ein gutes Zeichen. Es könnte darauf hinweisen, dass Frauen ein heitereres Gemüt haben als das andere Geschlecht. Allerdings weinen sie auch häufiger. Bis vor nicht allzu langer Zeit war es eines Mannes unwürdig Tränen zu vergießen. Das hat sich allerdings geändert, heute sieht man sogar Politiker weinen, und nicht nur nach verlorenen Wahlen.

Ich meine, dass es in Wahrheit, was die Frequenz von Gelächter betrifft, zwischen Frauen und Männern kaum einen Unterschied gibt.

Aber gibt es auch einen solchen in der Tonart des Lachens? Mit anderen Worten: Können Männer kichern, oder ist dies eine den Frauen und besonders den jungen Mädchen vorbehaltene Art, Heiterkeit auch akustisch zu zeigen? Weinen, wird mir gesagt, sei längst nicht mehr unmännlich, aber Kichern sei es. Wirklich?

Dozent Peter Gathmann, der Leiter der psychosomatischen Abteilung des Wiener Allgemeinen Krankenhauses, macht da offenbar keinen Unterschied zwischen den Geschlechtern. Für ihn ist das Kichern nämlich die Abreaktion nervöser Spannung. Es ist eigentlich gar kein reelles Lachen. Es ist nicht »glückhaft«. Dies aber gilt, scheinbar, gleichermaßen für Männer und Frauen, für Mädchen und Buben. Wobei die Frage bleibt, ob diese kichernde Abreaktion nervöser Spannung auch für jene Kids gegolten hat, die in einem durchaus ernsten Film neben mir saßen, oder ob es sich nicht doch besser damit erklären ließ, dass der Film einfach nicht verstanden wurde.

Trotzdem: Frauenlachen ist positiv, ist ja auch von Goethe als solches betrachtet worden, der bekannte, er habe von seinem Vater des Lebens ernstes Streben geerbt, hingegen »vom Mütterchen die Frohnatur«. Und weil Volksmärchen immer auch das erzählen, was dieses Volk, und sei es im Unterbewusstsein, beschäftigt, gibt es eine ganze Reihe von Erzählungen, die zeigen, wie unnatürlich es empfunden wird, wenn junge Mädchen nicht lachen. Man erinnert sich da wieder an jene Fälle von Depression, die in den Volksmärchen so gerne geschildert werden, ohne dass sie beim Namen genannt worden sind. Als einen von vielen Beweisen möchte ich jenes Märchen erzählen, das »Schwan, kleb' an« heißt und das ich als Kind nicht oft genug hören konnte. Es handelt von einem Burschen namens Gottfried, der »in die Welt« zog, weil er daheim immer gehänselt wurde, und dem eine alte Frau dazu verhelfen wollte, sein Glück zu machen:

Ich will dir sagen, was du anfangen sollst. Heute Abend, wenn die Sonne untergeht, gehe an den großen Birnbaum, der dort am Kreuzweg steht. Darunter wird ein Mann liegen und schlafen, an den Baum aber wird ein großer, schöner Schwan gebunden sein; den Mann hütest du dich aufzuwecken, den Schwan aber knüpfst du los und führst ihn mit dir fort. Die Leute werden in seine schönen Federn vernarrt sein, und du magst ihnen erlauben, davon eine herauszurupfen. Wenn aber der Schwan berührt wird, so wird er schreien, und wenn du dann sagst: »Schwan, kleb' an!«, so wird die Hand fest ankleben und nicht wieder loswerden, bis du sie mit diesem Stöcklein antippst, das ich dir hiermit zum Geschenk mache. Wenn du nun so einen weidlichen Zug Menschenvögel gefangen hast, so führe sie nur immer geradeaus. Da wirst du an eine große Stadt kommen, da wohnt eine Königstochter, die noch nie gelacht hat. Bringst du sie zum Lachen, so ist dein Glück gemacht!

In der Tat brachte der junge Mann am Ende eine ganze Schlange von Menschen, die alle auf Grund der wundersamen Federn des Schwans aneinander geklebt waren, in die Hauptstadt, wo ihm eine wunderschöne Kutsche entgegenkam,

in der eine schöne, junge, aber ernste Dame saß. Als sie den bunten Zug erblickte, brach sie in lautes Gelächter aus, und ihre Dienerschaft lachte mit. ›Die Königstochter hat gelacht!‹, rief alles vor Freude. Sie stieg aus, betrachtete sich die Sache noch genauer und lachte immer mehr bei den Kapriolen der Festgebannten. Der Wagen musste wenden und fuhr langsam neben Gottfried zur Stadt zurück. Als der König die Kunde vernahm, dass seine Tochter gelacht habe, war er voll Entzücken und nahm Gottfried, seinen Schwan und dessen wunderliches Gefolge selbst in Augenschein, wobei er selbst lachen musste, dass ihm die Tränen in den Augen standen.

Was weiter geschah, kann man sich vorstellen: Gottfried ehelichte die Königstochter, die er zum Lachen gebracht hatte – und wenn sie nicht gestorben sind, dann lacht sie noch heute.

Dass es eine Wohltat für ernste, depressive, trauernde Frauen ist, auf wundersame oder auch auf natürliche Weise wieder zum Lachen gebracht zu werden, ist freilich nicht nur ein Thema für Märchen. Auch in der Mythologie ist dies nicht unbekannt. So wird die trauernde Göttin Demeter gleichfalls von einer alten Frau wieder aufgeheitert. Demeter hat ununterbrochen Tränen vergossen, weil ihre Tochter geraubt worden war. Eine alte Amme ließ sie endlich wieder lachen. Sie hieß Baubo und die Art und Weise, wie es ihr gelang, die Trauer Demeters von Gelächter ablösen zu lassen, ist nicht uninteressant: Baubo soll, wie es in der Sage heißt, »obszöne Gesten« gemacht haben, worauf die Göttin wieder heiter wurde.

Der Phantasie ist hier freier Raum gegeben, es heißt allerdings, dass es sich um Gesten der Fruchtbarkeit gehandelt habe. Trotzdem scheint es, dass Demeter sich von etwas erheitern ließ, was spätere Geschlechter als ungehörig bezeichnen, wenn es in Gegenwart weiblicher Wesen passiert. Eine Obszönität ist dann eine doppelte, wenn sie erzählt oder gar gezeigt wird, während Frauen dabei sind. Und Frauen, die darüber lachen, sind selbst in Zeiten wild gewordener Permissivität eigentlich »nicht gesellschaftsfähig«. Umso mehr – besser: umso weniger –, wenn sie selbst im Zeichen der Gleichberechtigung sich zu verbalen Obszönitäten hinreißen lassen. »Eine Zote aus dem Munde einer Frau gleicht einer Ohrfeige, die sie sich selbst gibt«, habe ich einmal gelesen. Ich will freilich nicht verhehlen, dass sich auch da einiges geändert haben könnte.

Selig lächelnd wie ein satter Säugling
Nicht jedes Kinderlachen ist ein komisches

In meiner Kindheit war das Schaukeln ein Ersatz für das Fliegen. Es genügten zwei an einem starken Ast befestigte Stricke und ein Brett dazwischen. Auf dem saß ich, stieß mich mit den Füßen ab und schwang mich immer höher in die Luft. Wenn mir jemand half und mich vorwärts stieß, war es noch lustiger: Wenn du dich an die Stricke klammerst, und wenn der Ast hält, kann dir nichts passieren, und du fühlst dich wie ein Vogel. Nichts macht dich in der Kindheit freier als eine Schaukel, die dich in die Lüfte trägt.

Wann beginnt das Leben? Mit der Empfängnis, sagt der eine. Mit der Geburt, sagt der andere. Der Dritte hat Erfahrung: Das Leben beginnt, wenn die Kinder aus dem Haus sind und der Hund tot, sagt er. Aber fragen wir anders: Wann vollzieht sich beim Homo sapiens so etwas wie eine Menschwerdung? Immer wieder darf man sagen: Ich lache, daher bin ich. Rido, ergo sum. Erst wenn das erste Lächeln erscheint, ist der Säugling zum Menschen geworden, heißt es. Martin Grotjahn hat dies in seinem Buch »Beyond laughter« fast entwicklungsphilosophisch geschildert.

»Das Lächeln ist älter als das Lachen. Der Säugling lächelt, lange bevor er auf irgendeine andere Weise dokumentieren kann, dass er der menschlichen Rasse angehört.«

Und der Erziehungswissenschafter Christoph Wulf schreibt: »Lächeln ist häufig eine erwünschte soziale Leistung. Eltern wollen lächelnde Kinder; sie fürchten greinende, die ihnen statt Zustimmung Ablehnung suggerieren. Sie bemühen sich darum, dem Kind ein Lächeln zu entlocken; sie necken es, fordern es heraus und freuen sich, wenn sich ein Lächeln einstellt.«

Welches Lächeln ist das? Jenes, das auch unsereiner zeigt, wenn man scherzhaft von ihm sagt, er lächle »selig wie ein satter Säugling«? Jedes normal entwickelte Kind lächelt noch vor der 6. Lebenswoche; rund 40% zeigen schon in der 4. Woche ein Lächeln. Aber es kann angeblich vorkommen, dass Säuglinge schon mit Beginn der zweiten Lebenswoche lächeln, wenn sie eine vertraute Stimme hören. Andere behaupten, manche Fälle von Lächeln am 8. Lebenstag festgestellt zu haben. Mich belustigt dieses Herunterlizitieren, und ich bitte alle Eltern, sich nicht den Kopf zu zerbrechen, warum ihr Kind nicht dann zu lächeln beginnt, wenn es die Wissenschaft vorschreibt.

Allerdings: Je früher die Babys zu lachen beginnen, desto weiter sind sie in ihrer Entwicklung fortgeschritten. Da ist einmal die vertraute Stimme, die ein Lächeln hervorruft. Es ist die Stimme der Mutter oder des Mutterersatzes. Interessant: Selbst blind geborene Babys lächeln, wenn ihnen die Stimme, die sie anspricht, vertraut ist.

Zweitens: Die Babys reagieren nur dann lächelnd, wenn ihnen ein volles Gesicht zugewandt wird. Der kleine Mensch »kann unterscheiden zwischen dem ihm voll zugewandten Gesicht der Mutter, wenn es wie ein Vollmond auf die Wiege herabscheint, und ihrem Profil, an dem zu erkennen ist, dass sie sich abwendet. Wendet die Mutter sich ab, hört das Kind auf zu lächeln«, haben Experimente des Kinderpsychologen René Spitz gezeigt: Das Baby ist in diesem frühen Alter nicht fähig, den emotionalen Ausdruck eines menschlichen Gesichts zu verstehen und zu beurteilen. Spitz fand dies heraus, als er sich eine Maske über den Kopf stülpte und sich heftig nickend dem Kind wieder zuwandte.

René Spitz hat schließlich so geschickt experimentiert, »dass er feststellen konnte, ob ein Baby aus einer Familie kam mit guten, innigen Beziehungen zwischen Mutter und Kind oder aus einem Heim. Glückliche und geliebte Babys lernen früh, ihre lächelnde Reaktion auf ein menschliches Gesicht oder eine Maske zu differenzieren. In der Regel ist das nicht vor Ende des ersten Lebensjahres zu erwarten; aber manche Kinder lernen es schon im fünften oder sechsten Monat. Die Entwicklung eines differenzierten Lächelns scheint von der Reaktion des Babys auf Liebe und Zufriedenstellung abzuhängen. So hängen Tod und Leben eines Säuglings von der Gegenwart und dem Verhalten eines menschlichen Partners ab, zumeist der Mutter. Reagiert er auf seinen lebensspendenden Partner mit einem Schrei statt mit einem Lächeln, so deutet das auf eine so abgrundtiefe Enttäuschung hin, dass die Lebenserwartung des Kindes gering ist. Bald schon wird er den nächsten Schritt in die Resignation machen und schließlich dieses Leben still beenden.«

Ich lächle, also bin ich. Babys, die nicht lächeln können, streift der Tod. Wer je die Säuglinge mit den zum Skelett abgemagerten Armen und den aufgequollenen Bäuchen sah, deren Mütter aus ihren welken Brüsten keine Nahrung mehr spenden können, weiß, was gemeint ist. Noch erschütternder sind die Fernsehbilder von Säuglingen, die eine Art von Totenwache neben der Leiche ihrer Mutter halten. Und wie steht es dann mit Kindern, die mutterlos in Heimen aufwachsen?

Das erste Lächeln markiert, wie gesagt, die Menschwerdung. Es heißt, dass bei den Chinesen das Kind erst zum Zeitpunkt des ersten Lächelns seinen Namen erhält. Das Kind wird mit dem ersten Lächeln zur Person. »Wie das Kind in seinem ersten Lächeln auf seine Eltern antwortet, wird es nun, bei seinem Namen gerufen, antworten.«

Vor allem dann, wenn dieser Name von der Mutter ausgesprochen wird. Die intime Mutter-Kind-Beziehung manifestiert sich in vielerlei Hinsicht, und wir finden hier einen besonders eindrucksvollen Unterschied zwischen Tier und Mensch.

Aber warum wird dann das Jesuskind auf dem Schoß seiner Mutter in der bildenden Kunst so oft mit ernstem Gesicht dargestellt? Vor nicht allzu langer Zeit war in Wien eine Ausstellung von Figuren des kleinen Jesus gezeigt worden, die alle aus Italien stammten. Die Schau hieß »Il Bambino Gesù« und hat dem Beschauer unter anderem auch vor Augen geführt, dass der Jesusknabe selbst dann, wenn er den Andächtigen seine Arme liebevoll entgegen streckte, nie gelacht hat. Fast alle Exponate zeigten das Kind mit ernstem Antlitz. Nur in der apokryphen Kindheitsgeschichte Jesu wird zweimal erzählt, dass der Knabe gelacht habe. Interessanterweise sollte gerade das Lachen die Gottheit des Kindes anzeigen.

Hinter der Krippe in Betlehem ragt schon das Kreuz auf, sagte vor Jahren ein Augustiner in einer Predigt, die zu Herzen ging. Wollten die Maler den Beschauern das Unzeigbare zeigen, wollten sie dem unbeschwerten Kindsein den viel beschworenen Ernst des Lebens gegenübersetzen? Ich habe gelesen, dass in der Antike keine einzige der Plastiken, die ein Kind darstellen, diesem Kind ein Lächeln aufsetzen. Erst in christlicher Zeit soll dies realisiert worden sein. Auch das bedarf, scheint mir, noch der Erklärung.

Oder hat man auch damals schon erahnt, was erst die Kinderpsychologie nachvollziehen konnte, dass nämlich der Sinn für Komik erst um das fünfte Lebensjahr herum zu erwachen beginnt? Dann können die Kinder – meint Peter L. Berger – bereits selbst Witze machen und daran Vergnügen haben.

Ein Besuch im Disneyland

Ist das Lachen wirklich immer ein soziales Signal?

Kennen Sie das Disneyland in Los Angeles? Vor vielen Jahren habe ich das in Anaheim gelegene Mickey-Mouse-Areal mit seinen gigantischen Parkplätzen das erste Mal besucht. Ich war allein, und unter den vielen »Attractions«, den unzähligen Unterhaltungsburgen, die durchaus nicht nur für Kinder bestimmt sind, stach mir eine ins Auge, die ein lustiges (lustiges?) Zusammensein mit computeranimierten Tieren versprach, die amerikanische Volksmusik spielten – auf der Bühne und in Kostümen, die das Tiervolk noch menschenähnlicher erscheinen ließ.

Noch einmal: Ich war allein. Ich saß in einer Reihe mit amerikanischen Eltern plus Kindern, die das Ganze durchaus nicht erheiternd fanden. Zum Unterschied von mir. Warum ich unausgesetzt lachte, weiß ich heute noch: Ich fand etwa die kostümierte Igelkapelle ungemein komisch, als beim Kinderlied, in dem es immer wieder »Pop, says the Weasel« heißt, jedes Mal ein Wiesel auftauchte und schnell wieder verschwand, genau im Takt.

Ich lachte so laut, dass mich die ringsum Sitzenden anblickten, als ob ich reif sei für die Irrenanstalt. Ich kannte niemanden und war demnach wirklich völlig allein und ich habe gelacht, immer wieder und bisweilen sogar ganz für mich.

Was sagt die Wissenschaft? Der Mensch lache nur in Gesellschaft. Es werde nie allein gelacht, dies widerspräche gleichsam der Definition, dass Lachen eben ein soziales Signal sei.

Einspruch, Euer Ehren! Ich widerspreche. Zumindest ich selbst habe in der Vergangenheit immer wieder den

Beweis erbracht, dass man sehr wohl auch allein lachen könne. Man kann auch allein lächeln, man animiert sich gleichsam selbst dazu, etwa durch die Erinnerung. Brauchen Sie wirklich Gesellschaft, wenn Sie sich, auf der Straße gehend, an einen guten Witz erinnern? An eine komische Situation, in der Sie selbst sich befunden haben oder ein anderer, was gleichsam einem Auslachen post festum entspricht? Haben Sie noch nie allein gelacht, als sie ein lustiges Buch lasen und niemand anderer da war, der mit Ihnen in Ihr Gelächter hätte einstimmen können?

Und was ist, wenn Sie mit anderen fast hautnah in Berührung kommen, sich an dieses Buch erinnern und lachen – und die anderen schütteln den Kopf? Ich muss zugeben: Nicht immer ist Lachen dieses erwähnte soziale Signal. Ich darf als Beweis eine städtische Einrichtung anführen, ohne die wir kaum mehr auskommen können: den Lift. Er ist eines der wichtigsten Beispiele dafür, dass Lachen nicht immer ansteckt oder ansteckend wirkt.

Haben Sie sich schon einmal umgesehen, wenn sie auf einen Lift gewartet haben? Zählen sie einmal die Gesichter, die ihnen nicht tiefernst, verbissen, grimmig oder jedenfalls abweisend vorkommen. Das hat nichts mit dem Seelenleben des oder der Betreffenden zu tun. Es ist die böse Erwartung, allenfalls übrig zu bleiben.

Und dann stehen Sie mit einem halben Dutzend anderer im Lift. In diesem engen Raum stehen Sie nun und blicken – wohin? Ganz sicher nicht dem oder der Nächststehenden ins Gesicht. Sie haben den Kopf abgewendet und versuchen krampfhaft, keinen Augenkontakt aufzunehmen. Frauen haben es da leichter als Männer. Sie schauen in den Spiegel und kontrollieren die Frisur, auch wenn nichts zu kontrollieren ist. Was aber tun die Männer? Sie nesteln an der Krawatte, schauen auf die Aktentasche, blicken vielleicht auch auf die Schuhe der

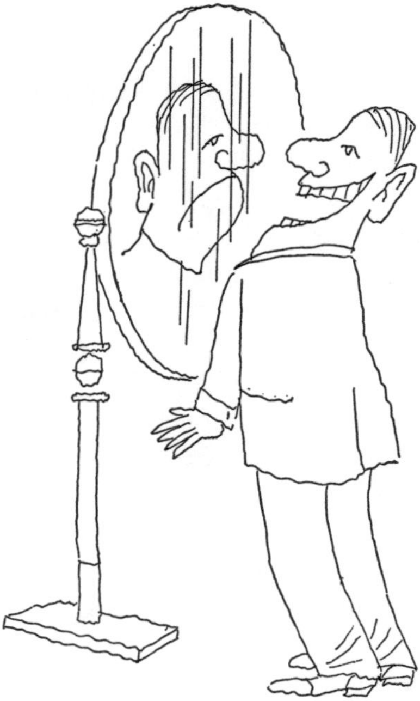

Umstehenden. Aber keiner der Liftfahrer schaut dem anderen ins Gesicht. Das wäre unangenehm. Das verletzt jene Intimsphäre, die ohnehin durch die ganz und gar unzulässige Nähe des anderen bereits verletzt ist. Und jetzt lade ich Sie ein, mit mir ein Experiment zu machen. Schauen Sie Ihrem Gegenüber ins Gesicht, mehr noch: in die Augen, und lächeln Sie. Ganz leise, wie man zu sagen pflegt. Und warten Sie, was passiert.

Sie lächeln ihn einfach an, weil Ihnen so zumute ist. Sie sind kein introvertierter, kein in sich gekehrter, griesgrämiger Mensch, Sie sind auch nicht unbedingt heiter gestimmt in diesem Augenblick. Es ist Ihnen der oder die Nächststehende egal – in den meisten Fällen jedenfalls –, Sie wollen eben freundlich sein.

Was passiert? Es gibt zwei Möglichkeiten. Entweder Ihr Gegenüber verzieht, wenn er oder sie Ihr Lächeln überhaupt gesehen und den Kopf nicht abgewandt hat, keine Miene und schaut nur auf die andere Seite, unter allen Umständen vermeidend, Ihnen ins Gesicht zu blicken. Sie können sich ungefähr vorstellen, was in diesem Fall von Ihnen gedacht wird. Bestenfalls: Das ist ein Narr! Schlimmstenfalls, und vor allem, wenn ein plötzlich lächelnder Mann mit einer Frau allein im Lift fährt: Das ist ein Verbrecher, ein Frauenmörder, ein Vergewaltiger. Man hat das ja schon oft gehört und im Kino gesehen, nicht wahr? Sie setzen nach dem nächsten Halt die Fahrt allein fort, die Angelächelte hat den entsprechenden Knopf gedrückt und dann fluchtartig den Aufzug verlassen.

Möglichkeit zwei: Auch Sie werden angelächelt. Das ist ungewöhnlich und kommt äußerst selten vor. Es entspricht nicht unserer kulturellen Normierung. Außerdem könnten die Mitfahrer auf unlautere Gedanken kommen, da ja eine sich anbahnende Geschlechterbeziehung ohne Rücksicht auf das jeweilige Geschlecht durchaus auch im Lift passieren könnte.

Ganz anders ist dies in Amerika. Wenn Sie dort im Lift fahren, dürfen Sie einer Dame oder einem Herrn durchaus auch ins Gesicht blicken, ja Sie dürfen sogar Augenkontakt aufnehmen. Mit anderen Worten: Es ist nicht notwendig, schüchtern zu sein. Nicht im Lift und nicht auf der Straße. Selbst wenn Sie nicht lächeln, werden Sie angelächelt. Es kann Ihnen als sichtlicher Fremdling auch durchaus passieren, dass Ihnen das uramerikanische »Hi« als Grußformel entboten wird, von einem oder einer Wildfremden. Hinzugefügt wird dann oft auch noch »How are you?«, ohne dass eine Antwort erwartet wird.

Ich war jedes Mal verwirrt, wenn mir dies in einem Aufzug passiert ist. Wenn dann noch beim Aussteigen

»Have a nice day« gesagt wird, ist die Überraschung des Amerika-Anfängers vollkommen.

Und auf einer amerikanischen Straße kann sich, wie gesagt, das Gleiche abspielen. Sie blicken zufällig jemandem, der Ihnen entgegenkommt, ins Gesicht und werden angelächelt. Sie sind anfangs verwirrt, haben sich später aber daran gewöhnt. Sie lächeln zurück. Das soziale Signal ist gesetzt. Dass das automatische Lächeln in Amerika ein stereotypes ist, fällt Ihnen nicht auf. Sie halten es für Herzlichkeit, und das mag es auch sein – zum Teil jedenfalls. Passiert solches im Lift, warten Sie dann unwillkürlich darauf, dass Sie zum Wochenende eingeladen werden. Das aber geschieht in den seltensten Fällen. Aber Stereotyp hin oder her – ich schätze eine Gesellschaft, die das Lächeln forciert. Es muss ja nicht unbedingt ein forciertes Lächeln sein.

Und doch: Sind wir nicht ehrlicher? Die vorgeschobene Freundlichkeit erleichtere der amerikanischen Gesellschaft das Funktionieren, sagt die Sozialwissenschaft. Bei uns ist diese Gesellschaft weitaus anonymer, ihre Strukturen sind älter und die Frage, welches soziale Signal mir lieber ist, kann ich nicht beantworten. Ich weiß nur, dass die kulturelle Normierung der Europäer offenbar eine andere ist als die der Amerikaner.

Kulturelle Normierung? In Amerika wird auf der Straße gelächelt, das »social smile« wird groß geschrieben, andererseits schießen Kinder andere Kinder über den Haufen. Die kulturelle Normierung hat zwei Seiten. Sie entspricht – ja, sie entspricht einer Doppelmoral, wie wir sie in Amerika so häufig finden. Trotzdem liebe ich Amerika. Aber leben möchte ich nur in Europa. Auch wenn unsere sozialen Signale nicht so gut funktionieren.

Warum lacht »der« Sonne nicht?
Das Licht und die Heiterkeit

Das Sonnenlicht öffnet gleichsam die Seele. Anders und weniger geschwollen gesagt: Wenn die Sonne lacht, werden auch die Menschen heiterer. Wenn es regnet, verdüstern sich die Mienen und die Laune genauso wie der wolkenschwere Himmel. Ich habe mich immer gefreut, wenn er blau war. »Wien – heiter«, hieß es dann im Radio. Kann auch der Himmel heiter sein? Nicht dass ich ihn gebraucht habe, um meine Laune zu verbessern. Ich war – der liebe Gott weiß, warum – selbst im Spital heiter, auch wenn das Wetter schlecht gewesen ist. Lesen und nicht aus dem Fenster schauen! Oder doch? Regen hat etwas Beruhigendes an sich.

Vorausgesetzt, dass man nicht schwermütig ist. Ich bin es nie gewesen. Ich gebe freilich zu, dass ich wie alle Menschen das Licht mehr mag als die Finsternis, die Helligkeit mehr als das Dunkel. Lieber Gott, lass die Sonne wieder scheinen!, hieß es in einem Lied, das ein kleines Mädchen sang, vor langer Zeit, als es modern war, Kinder Schlager singen zu lassen.

Lieber Gott, lass die Sonne wieder scheinen. Die Sonne. Warum nicht »der« Sonne? Und wieso kann die Sonne lachen? Gemach, eines nach dem anderen. Zuerst einmal: Ich habe mich immer schon gefragt, warum die Sonne im Deutschen weiblich ist und in allen anderen Sprachen, die ich kenne, männlich. Warum es im Französischen »le soleil« heißt, im Italienischen »il sole« und so weiter. Hat dies sprachpsychologische, ja tiefenpsychologische Gründe? Wird die Sonne bei uns als Mutter betrachtet, die uns umfängt und umstrahlt? Ist dies ein Überbleibsel des Matriarchats? Wissenschaftler werden gewiss darauf eine

Antwort finden. Ich begnüge mich mit der Tatsache, dass es eben so ist.

Und dass – da sind wir wieder beim Thema – die Sonne auch lachen kann. »Die« Sonne, nicht »der« Mond. Der geht »so stille durch die Abendwolken hin«, aber er ist eben – still. Zum Unterschied von der Sonne hüllt er sich in Schweigen. Er steht in ihrem Schatten; vielleicht hat er deswegen nichts zu lachen? Vielleicht auch – ich bitte um Entschuldigung – hat die Umkehr der Artikel und des Geschlechts (»la lune«, »la luna« etc.) in den romanischen Sprachen ihre Ursache darin, dass das Männliche dort noch immer als das Wichtigere betrachtet wird, nach außen hin jedenfalls. Feministinnen werden mir verzeihen!

Die Sonne lacht. Haben Sie überlegt, warum es auch diese Redewendung nur im Deutschen gibt? Die Sonne lacht. Würde man es ins Französische übersetzen, gäbe es Gelächter. »Le soleil rit«? Haha. »Le soleil brille«, das geht in Ordnung. Die Sonne scheint. Sie leuchtet, sie treibt uns gelegentlich auch Schweiß auf die Stirn. Was die Sonne im Englischen alles kann, braucht nicht erst expliziert werden. Aber »The sun is laughing«? Everybody will be laughing, wenn Sie diese Redewendung gebrauchen. In Spanien, wo man manchmal auf die Sonne liebend gerne verzichten würde, heißt es sogar: sie »schlägt zu«. Und natürlich sollte – nicht nur in Spanien – ein Mann zuschlagen, nicht eine Frau. Daher wieder: el sol.

»Mach' es wie die Sonnnenuhr, zähl' die heit'ren Stunden nur«, habe ich gelegentlich dort gelesen, wo in der Tat nur die heiteren – sprich: die sonnigen – Stunden gezählt werden.

Sonnenuhr und Heiterkeit: Kann man diese beiden Begriffe trennen? Fragen wir anders: Gibt es einen Zusammenhang zwischen guter Laune und Helligkeit, zwischen

Lachen und Sonnenstrahlen? Und nicht nur, weil ebenso elegisch wie doch treffend aufgefordert wird: »Trag Sonne im Herzen«?

Gestatten Sie, dass ich Ihnen jetzt mit Weisheiten aufwarte, die Sie mit Recht als Banalitäten abtun können, aber nur, wenn man sie nicht, wie es so oft heißt, »hinterfragt«. Alsdann: Warum sind wir vergnügter, wenn die Tage wieder länger werden? Und, was sehr wichtig ist: Warum sind die Bewohner mediterraner Länder für unsere Begriffe lauter, heiterer, lustiger? Warum sind sie vergnügt, auch wenn sie arm sind? Warum ist, auf der nördlichen Hemisphäre jedenfalls, der Süden dem Norden in puncto Laune in jeder Hinsicht voraus? Glauben Sie nicht, dass auch dies mit der Tatsache zusammenhängt, dass Helligkeit und Sonne viel weniger Tristesse provozieren als das Leben unter düsterem Himmel?

Ich habe den Eindruck, dass man in Italien, in der Provence, in Spanien weniger Menschen begegnet, die sich durch Alkohol aufzuheitern oder ihre Sorgen zu vergessen versuchen als in nördlicheren Gefilden. Man lebt, scheint es, in der Sonne sorgenfreier, als wenn der Himmel bewölkt ist. Zwischenbemerkung: Ein lateinisches Distichon, das Sonne und Wolken auf Freundschaft ummünzt:

Donec eris felix, multos numerabis amicos.
Tempora si fuerint nubila, solus eris.

Auch das ist eine Binsenweisheit, die jeder Politiker sich vor Augen halten sollte, bevor er in die Arena steigt. So lange du glücklich bist, hast du viele Freunde. Wenn die Zeiten trübe sind, bewölkt, düster, wirst du allein sein. Tempora nubila! Wolken am Himmel. Einsamkeit.

Gegenden, in denen angeblich ewige Nacht herrscht, sind natürlich nicht in immer währende Dunkelheit gehüllt. Das wissen wir, das haben wir in der Schule gelernt. Aber die Sonne steht monatelang nur so knapp über dem Horizont, dass der Tag über die Dämmerung nicht hinauskommt. Der Winter dauert lang, der Sommer kurz. Können wir uns einen Ibsen in Neapel, einen Strindberg in Granada vorstellen? Oder umgekehrt: Wäre ein Goldoni in Oslo, ein Garcia Lorca in Nordschweden möglich?

Ein Ausflug, ein kurzer nur, in die Medizin lässt sich freilich spätestens jetzt nicht vermeiden. Ich werde versuchen, ihn so verständlich wie möglich zu halten, vor allem deswegen, weil ich selbst nur verstanden habe, was mir, dem Laien, vom Chef der Neurologischen Klinik an der Universität Wien, Univ.-Prof. Lüder Deecke, in für mich ausdrücklich simplifizierter Sprache erläutert worden ist. Für Depressionen ist der Serotonin-Spiegel ausschlaggebend. Er schwankt auch saisonal, der Ausdruck »Winterdepression« ist vielen von uns geläufig. Man ist unwillkürlich besser gelaunt, wenn der Himmel blau ist.

Womit hängt das zusammen? Der Mensch hat, so sonderbar dies klingen mag, ein »drittes Auge« – die Echsen haben sogar eine Spur davon als verhornte Stelle auf der Stirn. Unser drittes Auge, der »Nucleus superschismaticus«, liegt im Kopf und informiert uns, ob es hell ist oder dunkel. Es findet sich in der Nähe des Sehnervs im Zwischenhirn. Dort befindet sich auch der die Gefühlswelt steuernde »Hypothalamus«.

Diese Nachbarschaft führt bei den meisten Menschen zu einer »sonnigen« Laune, wenn die Sonne scheint. Andererseits ist es möglich, Depression durch Lichttherapie zu behandeln. Man kann den Tag-Nacht-Rhythmus beeinflussen, wenn man den Tag verlängert und dies wieder kann dadurch erreicht werden, dass man entsprechendes künstliches Licht verwendet. Sogar der Jetlag, diese

Folge der Zeitverschiebung, die alle jene durchmachen, die einen Langstreckenflug absolvieren, lässt sich durch Licht mildern. Man solle sich, wurde mir erzählt, nach der Ankunft so lange wie möglich im Tageslicht aufhalten.

Es ist freilich ein ganz besonderes Licht, das die Menschen heiter macht, offenbar auch jene, die nur vorübergehend in sonnigen Gegenden leben, vorzugsweise in Italien. Sonne, Lachen, Fröhlichkeit. Man spricht auch bei uns von Sonnenanbetern – Menschen, die im Urlaub von früh bis spät in der Sonne liegen, sich braten lassen und darin den Inbegriff von Ferien sehen. Nicht zu vergessen die Tatsache, dass besagte Sonne auch künstlich geschaffen wird, wovon der Boom an Solarien zeugt.

Oder der Alkoholkonsum. Er hängt, meine ich, direkt mit Helligkeit, lachender Sonne, eben mit Licht zusammen. Dabei ist interessant, dass man ja – und zwar, glaube ich, ebenfalls nur im Deutschen – euphemistisch von »angeheitert sein« spricht, wenn jemand zwar noch nicht betrunken, aber auch nicht nüchtern ist. Angeheitert sein: Da wird in der Tat – und zwar nicht zu Unrecht – dem Alkohol nachgesagt, dass er heiter stimmt. Richtig: Ist nicht immer wieder festzustellen, dass »Angeheiterte« Dinge lustig finden, über die der Nüchterne nicht lachen kann? Noch eine semantische Kuriosität, die uns vielleicht gar nicht auffällt: Ein »Angeheiterter« ist auch »illuminiert«, wie es gelegentlich heißt. Illuminiert: Das hat mit Licht zu tun. Sonderbar, dass es hier doch gewisse Zusammenhänge zu geben scheint

In der Götterwelt, notabene der germanischen, sind Licht und Heiterkeit unmittelbar verbunden und die Götter der Finsternis haben das Lachen nie gelernt. Dass diese dann trotzdem triumphieren, hängt mit der immer wieder erkannten Wesenheit, mit der Gedankenwelt der Menschen zusammen. Die Nacht ist zumindest hienieden stärker als das Licht. Ausnahmen gibt es nur dann, wenn Metaphysik im Spiel ist. Die »schöne Frau«, die Bernadette Soubirous in der Grotte von Massabielle sah, hat gelächelt. Wir können uns die Mutter Gottes in ihren Erscheinungsformen, die hier buchstäblich gemeint sind, nicht ernst vorstellen. Und der »Sonnengesang« des Franz von Assisi ist nicht zuletzt ein freudiges Loblied, das der Heilige lächelnd, ja lachend gejubelt hat – so stelle ich mir es jedenfalls vor.

Letzter Punkt: Es überrascht und beeindruckt immer wieder, wenn man Berichte über Menschen liest, die nach einem Herzstillstand durch die Kunst der Ärzte wieder ins Leben zurückgerufen werden konnten. Sie waren traurig. Sie sind nicht von Dankbarkeit erfüllt gewesen, weil sie wieder leben durften, sondern waren den Berichten und Erzählungen zufolge enttäuscht, weil das gleißende Licht und die Heiterkeit, in die sie hätten eintauchen dürfen, wieder gegen das Dunkel der irdischen Existenz eingetauscht werden musste. Jene Menschen berichteten angeblich übereinstimmend, dass sie am Ende eines finsteren Tunnels eben jenes Licht sahen und dass sie von einer unermesslichen Freude erfüllt waren. Ob das stimmt, weiß ich nicht. Etliche Psychologen und Ärzte meinen, im Augenblick des Todes, der dann doch keiner geworden ist, sei so etwas wie eine Erinnerung an den Geburtsvorgang aufgetaucht. Darf ich da ein Gedicht von Eugen Roth zitieren, das zwar auf das eben Geschilderte passt wie die Faust aufs Auge, aber doch die Tristesse des menschlichen Daseins zu treffen vermag:

Ein Mensch erblickt das Licht der Welt –
doch oft hat sich herausgestellt
nach manchem trüb verbrachten Jahr,
dass dies der einzige Lichtblick war.

Eugen Roth war, wie aus diesem Vierzeiler – der Gedichtsammlung »Ein Mensch« entnommen – zu ersehen ist, nicht gerade ein Optimist. Aber er hat lustige Verse geschrieben. Ich kann nichts dafür, wenn ich da auf einmal an den »Bajazzo« denken muss.

Nicht nur göttliche Sekunden
Glück und Lachen können eingeladen werden

Das Lachen, sagt der »Gemütsspezialist« Peter Gathmann, sei nicht steuerbar. Es ist »einladbar«. Es gleicht in diesem Fall dem Glück. Auch dieses kann man nicht steuern, sagt er. Aber man kann es einladen. Wenn man krank ist zum Beispiel. »In den göttlichen Sekunden des Lachens ist man Herr über seine Krankheit«. Göttliche Sekunden des Lachens. Göttliche Sekunden des Glücks.

Ich predige heute immer wieder meine Lebensphilosophie, die ich offenbar immer schon in meinem Inneren trug: Nicht rückwärts blicken, sondern vorwärts. Nicht das betrauern, was man nicht mehr kann, sondern sich über das freuen, was man noch kann und wieder können wird. Glück sei die Cousine des Lachens, sagt Peter Gathmann. Die stille Cousine. Nur: Was ist Glück? Ist es das, wovon Tante Jolesch spricht, wenn sie meint: »Gott behüt uns vor allem, was noch a Glück ist«? Die tiefsinnige jüdische Weisheit, ist man versucht zu sagen. Und doch unterscheidet sich das »a Glück haben« der Tante Jolesch von der anderen Bedeutung des Glücks, etwa jener, die schon zur Zeit der Unabhängigkeitserklärung im amerikanischen »Bill of Rights« festgeschrieben wurde: dass jedem Menschen das Streben nach Glück, pursuit of happiness, *ermöglicht werden sollte.*

Glück ist die stille Cousine des Lachens? Warum eigentlich still? Vielleicht deshalb, weil man nur innerlich lacht, wenn man glücklich ist? Lacht man eigentlich über Hans im Glück, bedenkt man nicht, dass Glück für jeden Menschen etwas anderes bedeuten kann? Hans im Glück, der glücklicher ist als mancher andere, obwohl er uns lachen macht? Er hat ja, wie es im Grimm-Märchen heißt, von seinem Herrn, dem er sieben Jahre lang treu gedient hatte, einen Klumpen Gold als Lohn erhalten, auf dem Heimweg tauschte er diesen, weil er ihm zu schwer war, gegen ein Pferd, dieses gegen eine Kuh, schließlich gegen ein Schwein und er fühlte sich immer glücklich, weil er bekam, was er gerade haben wollte. Am Ende erhält er von einem Scherenschleifer für eine Gans einen Wetzstein und einen Feldstein noch dazu. »Ich muss in einer Glückshaut geboren sein!«, rief er aus. »Alles, was ich wünsche, trifft mir ein wie einem Sonntagskind.«

Aber schließlich war er müde, kam zu einem Brunnen, bückte sich, um zu trinken, und stieß unabsichtlich die beiden Steine in die Tiefe. »Hans, als er sie mit seinen Augen in die Tiefe hatte versinken sehen, sprang vor Freude auf, kniete dann nieder und dankte Gott mit Tränen in den Augen, dass er ihm auch diese Gnade noch erwiesen und ihn auf eine so gute Art und ohne dass er sich einen Vorwurf zu machen brauchte, von den schweren Steinen befreit hatte, die ihm allein noch hinderlich gewesen wären. ›So glücklich wie ich‹, rief er aus, ›gibt es keinen Menschen unter der Sonne!‹ Mit leichtem Herzen und frei von aller Last sprang er nun fort, bis er daheim bei seiner Mutter war.« Ich nehme an, dass er sie lachend umarmt hat.

Apropos Umarmung: Welches Lachen oder bestenfalls Lächeln ist es, das mich immer befällt, wenn ich junge Paare sehe, die in aller Öffentlichkeit einer Langzeitumarmung frönen? Sie haben, scheint es, vergessen, was rundum geschieht, oder sie tun jedenfalls als ob. Sind sie glücklich, wollen sie provozieren, die Umwelt zum Lächeln reizen? Oder zum Ärger?

Schlag wieder einmal nach – diesmal bei Ferdinand Raimund. Man nennt den »Verschwender« sein reifstes Werk. Ich bin nicht ganz dieser Meinung, liebe »Der Bauer als Millionär« mehr. Mag sein, dass ich es deswegen tue, weil ich ihn gesehen habe, als mich meine Eltern zum allerersten Mal – es war im Krieg – ins Burgtheater führten.

»Von meiner Stirne strahlt das Diadem der Heiterkeit«, sagt in diesem Stück die »Zufriedenheit«. Zufriedenheit? Heiterkeit? »Mich tränket die Quelle der Bescheidenheit«, sagt die schöne Dame. Wer bescheiden ist und zufrieden, ist auch heiter, meint Raimund. Er war stets auch ein Philosoph – welcher Literaturhistoriker will mich da widerlegen? Aber nicht die Zufriedenheit und das Diadem, das sie trug, hat damals den größten Eindruck auf mich gemacht, obgleich sie von Paula Wessely gespielt wurde. Vielmehr entbrannte der Elfjährige noch am selben Abend (oder war es eine Nachmittagsvorstellung?) in heißer, wenngleich unerfüllter Liebe zur »Jugend«, von der Opernsängerin Martha Rohs gespielt, der Frau von Fred Liewehr. Sie hat in der berühmten Abschiedsszene mit Fortunatus Wurzel – Fortunatus heißt »der Glückliche« – mich nicht nur mit ihrem bezaubernden Äußeren, sondern auch mit ihrem silberhellen Lachen beeindruckt, als sie die Jugendsünden des zum Millionär gewordenen Bauern schilderte. Und dann erst das »Brüderlein fein«! Vom »Alter«, das gleich darauf kam, wusste ich noch nichts und ich konnte es mir noch nicht vorstellen.

Lachen im Glück, glückliches Lachen: Sogar psychologisch, lese ich, ist dies beweisbar. Die Gesichtsmuskulatur stehe in direkter Nervenverbindung zu den Gefühlszentren im Hirn, behauptet der amerikanische Psychologe Robert Cooper. Wenn ich es zu unwissenschaftlich ausgedrückt habe, dann bitte ich um Entschuldigung. Ich lese auch, dass das Lächeln Glückshormone freisetze. Dass es so etwas gibt! Alles das scheint mir jedenfalls eine Bestätigung dafür zu sein, dass es zwischen Glück und Lächeln oder Lachen einen ursächlichen Zusammenhang gibt. Und weil man in der Jugend, so scheint es jedenfalls, mehr lacht als im Alter, ist Martha Rohs sehr zu Recht als Raimunds Jugend über die Bühne des Burgtheaters getänzelt.

Mich wundert, dass ich so fröhlich bin

Lächeln unter Tränen – und Emotionen von einst

Ich halte ihn für einen der klügsten und weisesten Vierzeiler, den ich kenne. Er wird in dieser Form Angelus Silesius zugeschrieben und ist eines jener Kurzgedichte, die Jahrhunderte alt sind und dennoch ihre Aktualität bis heute nicht verloren haben. Es ist vor allem die letzte Zeile, die mir bedeutsam erscheint. Aber hören Sie:

Ich bin und weiß nicht wer
Ich komm' und weiß nicht woher
Ich geh' und weiß nicht wohin
Mich wundert, dass ich so fröhlich bin.

Auf Schloss Tratzberg in Tirol steht es verändert, aber dem Sinne nach gleich, verschnörkelt an der Holztäfelung einer Wand – angeblich als Leibspruch des Kaisers Maximilian I. und daher weitaus älter:

Ich leb, waiß nit wie lang,
und stürb, waiß nit wan,
muess fahrn, waiß nit wohin,
mich wundert, dass ich so frelich bin.

An wen ist das gerichtet? An das Volk? Das denkt im Allgemeinen nicht nach über seine Fröhlichkeit. An die Menschheit? Schon eher. Zwar hat man früher stets vom »ird'schen Jammertal» gesprochen, aber gleichzeitig hatten – vielleicht deswegen – die Spaßmacher Hochkonjunktur. Die Verwunderung darüber, dass es auch »in diesem Elend« noch Heiterkeit gäbe, ist nach wie vor aktuell. »In diesem Elend« – ursprünglich bedeutete das Wort »die Fremde«.

Genauso ist es auch in jenem Gebet gemeint, das die Mutter Gottes bittet, uns »nach diesem Elend« Jesus zu zeigen, »die gebenedeite Frucht deines Leibes«.

Lächeln unter Tränen. Lächeln, obgleich man eigentlich gar keinen Anlass dazu hätte. Fröhlichkeit inmitten von Ruinen. Wer je in einem der Slums, der »Shanty towns«, der armseligen Hütten-Agglomerationen rund um lateinamerikanische Großstädte gewesen ist oder in afrikanischen Siedlungen, die mit Wohnvierteln nichts mehr zu tun haben, und wer dann die Heiterkeit der Bewohner gesehen hat, der versteht eigentlich die Welt nicht mehr – jedenfalls nicht die Welt, die er zu kennen meint. Das Lachen, das unsereinem angesichts solcher Verhältnisse – und zwar nicht nur ökonomischer – im Halse stecken bleibt, kommt dort vom Herzen.

Und es ist kein Lachen unter Tränen. Ist es gekünstelt, übertrieben, so wie auch die Ausbrüche von Schmerz übertrieben scheinen und gekünstelt, die bei Begräbnissen in diesen Gegenden zu sehen sind? Oder ist es nicht viel mehr jene Unbeschwertheit, die den Bewohnern der Industrieländer so völlig abgeht? Gewiss, in den Favelas von Rio oder Sao Paolo ist das irdische Jammertal noch an allen Ecken zu sehen und zu spüren. Trotzdem ist nicht alles nur Traurigkeit. Es mag verwegen sein, in diesem Zusammenhang an die »Fledermaus« zu denken. Aber ist nicht der glücklich, der vergisst, was nicht mehr zu ändern ist? Wenn immer die Zeiten trüb scheinen, sind die Restaurants und Beisln überfüllt. Es mutet an wie eine Flucht aus der Gegenwart, wie eine Art von Eskapismus. Man will sich um jeden Preis, um buchstäblich jeden erheitern.

Das war immer so. Es gibt – wer wagt das zu bestreiten? – Heiterkeit unter Tränen und Fröhlichkeit inmitten von

Ruinen. Wer seine Kindheit im Krieg verbracht hat, konnte sich an die Zeit, die davor lag, an die damals legendäre »Friedenszeit« oder kurz den »Frieden« nicht oder kaum mehr erinnern. Das, was von Eltern und Großeltern immer wieder als »Friedensqualität« bezeichnet und gepriesen wurde, war für uns Kinder ein Begriff, von dem wir zwar hörten, von dem wir aber nicht wussten, was er bedeutete. Wir haben von Bohnenkaffee gehört und anno 1945 ein kaffeeähnliches Gebräu getrunken, das die Mutter aus gerösteten Erbsen hergestellt hatte. Wir haben den fremdartigen Duft einer so genannten Toiletteseife eingesogen, die als Schatz gehütet worden war in einer Zeit, da es nur mehr RIF-Seifen gab, jenes Reinigungsprodukt, dessen Bezeichnung die Abkürzung von »Reichsinstitut für Fetteverwaltung» war. Es gab RIF-Seifen, die sogar auf dem Wasser schwammen. Sie waren für uns Kinder eine Quelle permanenter Heiterkeit: Man tauchte sie unter und sie schnellten – oh Wunder – wieder empor.

Es war, auch als die Bomben fielen, eigentlich eine fröhliche, heitere, unbeschwerte Kindheit. An ernste Gesichter kann ich mich nur ein einziges Mal erinnern: Als mir meine Eltern erzählten, dass die Reden, die da aus dem Radio klangen, über Krieg und Frieden zu entscheiden schienen. Ich verstand nur »Krieg« und habe zu weinen begonnen.

Die Zeit der Verwunderung über eine allfällige Fröhlichkeit war für die Kinder damals noch nicht gekommen. Wir äfften die Lehrer nach, so wie es auch heute die Schüler tun. Wir äfften aber auch den Jungenschaftsführer nach, der uns zu strammen Jungvolkbuben erziehen sollte. Den »Führer« nachzuäffen, wagten wir nicht – dazu war die Zeit erst nach 1945 reif.

Mich wundert, dass ich so fröhlich war? I wo: Mich hätte gewundert, wenn ich nicht heiter gewesen wäre, obgleich ich so wie die anderen Gleichaltrigen durchaus verstanden hatte, was rundum passierte. Die Fröhlichkeit hat in der Weihnachtszeit jeweils einen Höhepunkt erreicht, als es – sie kamen, ich weiß nicht woher – doch immer wieder Geschenke gab, offenbar aus zweiter Hand von irgendwelchen Familien erstanden. Darunter war eine Blecheisenbahn, die auf einer heute nicht mehr gebräuchlichen Schienenspur lief. Sie geriet später, ich weiß nicht wohin – heute hätte ich sie um eine vier-, vielleicht sogar fünfstellige Summe verkaufen können. Zumindest in dieser Hinsicht wundert mich, dass ich angesichts der Erinnerung so fröhlich bin.

Nur einmal hat es mich gepackt, damals als Kind, und dieser Tag hat sich mir ins Gedächtnis gebrannt. Das war, als im Radio vom »heldenhaften Ende« der 6. Deutschen Armee in Stalingrad berichtet wurde. Mein Bruder und ich durften an diesem Abend ausnahmsweise im Elternzimmer schlafen. War es deswegen, weil Vater und Mutter bei aller Traurigkeit glücklich waren, dass ihre Buben zu klein waren für das Soldatentum? Ich habe die Betroffenheit nicht ganz verstanden. Wenig später war ich wieder fröhlich. Und ich wunderte mich nicht darüber. Die Betten der Erwachsenen waren doch so groß und weich!

Das Lachen inmitten von Ruinen ist uns damals geradezu von Amts wegen aufgetragen worden. Heitere Filme sonder Zahl sind hergestellt worden und uns Kindern genügten jene mit Hans Moser, Theo Lingen und Heinz Rühmann nicht, die jugendfrei waren – wir versuchten immer wieder, auch Streifen zu sehen, die erst »ab 14 Jahren« zugelassen waren. Wir schwindelten uns hinein und lachten dann nicht nur über das, was auf der Leinwand passierte, sondern auch über den gelungenen Streich. Es war eine heile Welt, die man uns und den anderen, den Erwachsenen, damals im Kino vorgaukelte.

Es ist interessant, dass ich keine der Komödien aus jener Zeit, die heute ab und zu im Fernsehen ausgestrahlt werden, so heiter finde, wie ich es anno dazumal tat. Der Rühmann-Film »Quax – der Bruchpilot« etwa, der mich als Kind ebenso wie die anderen Kinobesucher zu Lachstürmen hingerissen hatte, scheint mir heute langweilig, »Die Feuerzangenbowle« hat mich beim Wiedersehen enttäuscht, die Moser-Filme aus der Zeit vor 1945 scheinen mir jetzt eine Ansammlung von Fadesse. Aber es ändert sich mit dem Geschmack und dem Alter offenbar auch der Begriff von Komik.

Was ist komisch? Gewiss das, was die Clowns zu bieten haben. Bestimmt auch das, was immer wieder im Film zu sehen ist. Wobei sich der diesbezügliche Begriff von Komik stets zu wandeln scheint – siehe die erwähnten Moser- und Rühmann-Filme.

Was komisch ist, muss nicht lächerlich sein und auch nicht lachhaft. Verwechseln wir die drei Begriffe nicht! Andererseits: Was einst als tiefernst und ja geradezu faszinierend wirkte, reizt uns heute zum Lachen. Ein Beispiel sind alte Dokumentaraufnahmen von deutschen Wehrmachtssoldaten, die im Stechschritt paradieren. »Goose step« nannten es die Angloamerikaner, bevor sie merkten, dass ihre damals verbündeten Russen – damals hießen sie noch Sowjets – genauso aufmarschierten. Sie tun dies heute noch, und ich lache immer dann, wenn ich solches auf der Mattscheibe sehe, in mich hinein.

Ein anderes Beispiel: Die Hitler-Reden, aber auch das Auftreten des »Führers« bei offiziellen Anlässen. In dem meiner Meinung nach besten Dokumentarfilm über das Dritte Reich, Joachim Fests Streifen »Hitler, eine Karriere«, werden solche Szenen immer wieder gezeigt. Mag sein, dass zumindest insgeheim gelacht worden wäre, wenn in der NS-Zeit solche Nahaufnahmen vorgeführt worden wären. Aus guten Gründen hat sie Josef Goebbels, der Reichsminister »für Volksaufklärung und Propaganda«, nicht freigegeben. Ein verschwitzter Hitler, einer, der sich immer wieder die berühmte Haarlocke mit fahriger Geste aus der Stirne streicht, der, was den Volksgenossen unbekannt bleiben musste, keineswegs ausschließlich frei sprach, sondern vor sich ein Manuskript liegen hatte – das durfte nicht sein. Das durfte man nicht sehen.

Die Nachahmung ist ein Wesensmerkmal der Komik – wer je im Kabarett war, weiß es. Schon in der Schule haben jene Klassenkameraden das größte Gelächter hervorgerufen, die in der Lage waren, Professoren mimisch und stimmlich zu kopieren. In dem schon erwähnten alten Rühmann-Film »Die Feuerzangenbowle« lebte jedenfalls eine Szene noch nach vielen Jahren weiter: Als Rühmann als Primaner einen Lehrer imitiert.

Auch die Schauspielkunst von ehedem – egal, ob auf dem Theater oder in alten Stummfilmen – wirkt heute nur mehr lächerlich, das noch auf zerkratzten Schallplatten erhaltene Pathos etwa eines Alexander Moissi, einst Star des Wiener Burgtheaters, ist heute ebenso unerträglich wie das Agieren einer Henny Porten auf der Leinwand. Hat sich da nur der Geschmack verändert? Was ist es, das unsere Großeltern und Urgroßeltern so faszinierte und uns Heutige zum Lachen bringt? Außer man ahmt das Pathos nach und erinnert sich immer wieder, dass vom Erhabenen zum Lächerlichen nur ein Schritt sei. Mit dem Unerträglichen zu scherzen, heißt das Unerträgliche erträglich zu machen. Eine Zeit lang jedenfalls.

Wenn man nicht lachen kann
Von Emotionen, Depressionen und Clowndoktoren

Es war einmal – nein, ich will jetzt nicht wieder ein Märchen erzählen – es war einmal eine Zeit, da habe ich Spinat nicht gemocht. Mit der Paradeissauce ging es mir ähnlich. Daher kam es öfter vor, dass ich jedes der beiden Kindernahrungsmittel so lange im Mund behielt, bis mich meine Mutter mit einer lustigen Geschichte aufheiterte. Dann lachte ich und das Gemüse wurde über den Tisch gespuckt. Als Mittelschüler ist mir beziehungsweise meinen Freunden Ähnliches widerfahren. Diesmal war es der von den Amerikanern gespendete Kakao, den sich mein Gegenüber vom Gesicht wischen musste, weil er mir vorher einen Witz erzählt hatte.

Es gibt Menschen, die nicht lachen können. Bevor ich von ihnen berichte, muss ich freilich, so gut ich kann, mit Ihnen eine ganz kurze Exkursion in die Medizin beziehungsweise die Physiologie unternehmen. Zuallererst freilich gilt es, zwei Dinge festzuhalten. Erstens: Auch Komiker, die die ganze Zeit hindurch vor der Kamera Ernst vortäuschen, sind Komiker. Dazu gehört Charlie Chaplin, dazu gehört vor allem auch Buster Keaton. Sein Erfolg beruhte auf der starren Mimik. Da war kein Zucken der Mundwinkel, die Falten, die das Gesicht zeigte, waren nicht solche um die Augen, sondern die senkrechten eines Mannes, dem auch die skurrilste Situation kein Lächeln abringen konnte. Buster Keaton, der amerikanische Filmstar, hat seine Zuschauer zum Lachen gebracht, weil er selbst so tat, als ob er nicht lachen könne.

Das Zweite, was mir in diesem Zusammenhang immer wieder einfällt, liegt auf einer ganz anderen Ebene. Es bezieht sich auf jene Art von Tatbestandsaufnahme, die früher einmal den kleinen Buben und Mädchen mitgegeben wurde, wenn die erste Klasse der Volksschule drohte. »Jetzt beginnt der Ernst des Lebens«, habe ich damals sehr oft gehört. Man hat mir das Heitere des Schülerdaseins – siehe oben – damit dennoch nicht vergällen können. Im Gegenteil: Immer wieder musste ich feststellen, dass Helmut Plessner, einst Ordinarius an der Rijksuniversiteit in Groningen, Recht hat, wenn er in seinem Buch über das Lachen und Weinen behauptete, die Kontrolle, die das Individuum gewöhnlich über seinen Körper habe, breche zusammen, wenn gelacht oder geschluchzt werde.

Es ist dies eine der wenigen Feststellungen, die auch den Leser schmunzeln machen. Ansonsten sind die das Lachen betreffenden Bemerkungen aus Physiologie und Psychologie und vor allem auch jene aus der Medizin stets so ernst, dass sie fast von Buster Keaton rezitiert werden könnten. Der gute alte Darwin hat sich immerhin bemüht, verständlich zu schreiben, als er über das menschliche Lachen sagte: »Durch die Erregung von Freude wird der Kreislauf beschleunigt; die Augen werden hell, und die Gesichtsfarbe hebt sich. Das durch den verstärkten Blutstrom gereizte Gehirn reagiert auf die geistigen Kräfte; lebhafte Gedanken ziehen noch schneller durch den Geist. Und die Triebe werden reger ... Ein Mensch in diesem Zustand hält seinen Körper gerade, seinen Kopf aufrecht und seine Augen offen. Da findet man kein Hängenlassen des Gesichts, kein Zurückziehen der Augenbrauen, im Gegenteil, der Stirnmuskel strebt, sich etwas zusammenzuziehen ... und das glättet die Braue, entfernt jede Spur eines Stirnrunzelns, wölbt die Augenbrauen ein wenig und hebt die Augenlider.«

Vor allem aber ist es der erwähnte Neurologe Univ.-Prof. Lüder Deecke, der als Nervenarzt weiß, wovon er spricht, wenn er das Medizinische am Lachen zu erklären versucht. Da kommt dann wieder die Rede auf das geheimnisvolle Serotonin, eine Art von »Glückshormon«, von dem gerade so viel im Gehirn vorhanden sein muss, dass das seelische Wohlbefinden garantiert ist. Dann spricht man von Eurythmie. Ist zu wenig Serotonin da, kommt es zur Hypothymie, der Depression, andernfalls zur Hyperthymie, der Manie.

Man könnte also meinen, dass Menschen, die viel lachen, über ein gerütteltes Maß an seelischem Wohlbefinden verfügen. Ein Viel kann aber auch in diesem Fall ein Zuviel sein. »Das Lachen ist der Manie zugeordnet«, sagt Deecke. Es mag überraschen, aber ewige Frohnaturen haben demnach einen Hang zur Manie. Bevor wir auf dieses einigermaßen sonderbare Faktum (Muss ich mich fürchten, manisch zu werden, wenn ich viel lache?) näher eingehen, und auch (ja vor allem) die düstere Zwillingsschwester der Manie, die Depression vorstellen, möchte ich verraten, was mir der Neurologe über das

»Zwangslachen«, über den Lachkrampf, wie er im Volksmund heißt, erzählt hat. Er ist sogar medizinisch zu diagnostizieren. Die Emotionalität ist dann enthemmt, was auf Grund von Gehirnfunktionsstörungen passieren kann. Man spricht dann von »Geloplägie«, und die kann sogar vererbt werden.

Und da heißt es, dass lachen gesund sei? Selbstverständlich. Die Dosis schafft das Heilmittel, hat schon Paracelsus gesagt. Angeblich haben fröhliche Typen beispielsweise weniger Schnupfen und Husten, weil, wie es in der Zeitschrift »Medizin populär« heißt, das Lachen auch das Immunsystem stärke. Auch Menschen, die länger bettlägrig sind, sollten viel lachen, steht in diesem Magazin. Sonst verflache nämlich die Atmung »und das führt zur Ansammlung von so genannter Restluft. Diese enthält einen hohen Anteil von Wasserdampf und Kohlendioxid und kann Infektionen der Lunge begünstigen. Indem man nun diesen Leuten die Gelegenheit zum Lachen gibt, ermöglicht man ihnen, diese Restluft auszustoßen und durch sauerstoffreiche Luft zu ersetzen.«

Und was ist, wenn man nicht lachen kann? »Er ist depressiv«, sagt man ebenso häufig wie fälschlich zu einem Griesgram. Er mag ein ewiger Raunzer sein, aber er hat noch keine Depression. Er hat vielleicht jene senkrechte Falte zwischen den Augen, die zeigt, dass ihm das Lachen fremd ist. Aber die echte Depression ist eine schwere Krankheit, eine mit hoher Todesrate, weil viele, die an ihr leiden, Selbstmord begehen.

Die so genannte endogene Depression ist eine Erbkrankheit und eigentlich unheilbar. Die exogene, reaktive Depression befällt Menschen, nach »kurrikulären Turbulenzen«, etwa Schicksalsschlägen. Die Depression hat Menschen beschäftigt, seit sie versuchen, sich mit der Seele und ihrem Leben auseinander zu setzen. Ohne dass sie es wissen, haben sie auch in ihren Märchen immer wieder von Fällen der Depression erzählt, wobei es freilich stets zu einem Happy End gekommen ist. Dass es sich bei den depressiven Menschen in diesen Märchen hauptsächlich um Prinzessinnen, demnach um Frauen handelt, mag seinen Grund darin haben, dass man früher die Depression als eine Krankheit vorzugsweise des weiblichen Geschlechts ansah: bleiche, magere Geschöpfe, die, – ja eben nicht lachen können.

Dabei kann man die Heiterkeit sogar künstlich produzieren. Selbst über die Mimik sind Emotionen auslösbar, heißt es in »Medizin populär«. Das unerwartete Ergebnis: Beim gespielten Lächeln flackerten die Neurone hinter der linken Stirn nicht weniger als beim spontanen. Was vermuten lässt, dass man sich schon allein durch das Mimen eines glücklichen Lächelns wohler fühlt.

Wer nicht lachen kann, ist nicht lebensfähig. Wer nicht mehr lacht, hat sich selbst aufgegeben – das gilt in erster Linie für die Kinder.

Der Zusammenhang zwischen Lachen und Gesundheit ist das ganze Leben lang bedeutungsvoll, und nicht nur im Kindesalter. Dort aber ist er besonders wichtig. Kranke Kinder, die man nicht mehr zum Lachen bringen kann, sind verzweifelt, ohne es vielleicht zu wissen. Eine wesentliche Aufgabe der Clowns im Spital ist es, solche Kinder durch Lachen ins Leben zurückzuholen. Zu vermeiden, dass sie sich zur Wand drehen – ein Zeichen, dass sie nicht mehr leben wollen.

Die moderne Psychologie, gepaart mit der Medizin, hat da eine Art von psychischer Therapie geschaffen, die in vielen, ja in den meisten Fällen hilft. Es sind die »Spitalsclowns«, jene Spaßmacher, die vorzugsweise in Kinderspitälern und Kinderabteilungen auftreten und deren Kunst eine zutiefst menschliche ist.

Ich habe mit Monika Culen gesprochen, die eine Gruppe solcher Spitalsclowns leitet, die »Roten Nasen«. Diese Clowns, sagt Frau Culen, hätten eben nicht zuletzt die Aufgabe, solche Kinder ins Leben zurückzuholen. Sie machen sie lachen, oft gegen deren eigenen Willen. Das kommt vor allem auch nach schweren Operationen vor, wenn die Kinder noch im Schock sind. Dann können die Spitalsclowns diese Kinder häufig sogar zum Lachen bringen, obgleich diese lieber weinen wollten.

Allein, auch das Weinen des Kindes öffnet eine Gefühlsebene. Der Clown berührt die Seele. Diese sucht Zuwendung. Gelegentlich – leider viel zu selten – »arbeiten« Spitalsclowns auch in geriatrischen Abteilungen. Auch da geht es um die erwähnte Zuwendung. Ich erinnere mich an eine alte Tante, die, zeitweilig verwirrt, im Spital lag und eine Puppe hielt. Ich schaute mich um: Da waren Puppen und Teddybären in allen Betten, und die alten Damen plauderten mit ihnen, zeigten sie vergnügt her, freuten sich, lachten. Sie hatten Zuwendung gefunden, eine Zuwendung für die Seele. Psychologen werden das sicher ganz anders erklären. Für mich war das Spielzeug in den Betten der alten Leute möglicherweise so etwas wie eine Rückkehr in die Kinderzeit, aber ganz gewiss auch ein Trost.

So wie es die Spitalsclowns sind. »Ein guter Clown ist gut für jedes Alter«, sagt Frau Culen. Ein guter Clown kann auch Kinder, die vor dem Tod stehen, ja sogar solche, die im Koma liegen, noch eine Zeit lang, einige Momente lang leben lassen, ins Leben zurückholen. Er bringt sie dazu, jeden Moment des Glücks zu fassen. Glück! Es ist eben mit Lachen untrennbar verbunden. Wer lacht, ist zumeist auch glücklich – und sei es nur für einen Augenblick. Dann kommt selbst bei jenen Kindern, die bereits hinüberdämmern, oft noch ein

Lächeln durch. Wer weiß denn wirklich, was dieses auch von mir immer wieder angesprochene Glück ist?

Und der Clown, dem dies gelingt, weiß, wie schwer er dies alles psychisch verkraften kann. Wie lange er braucht, um, selbst ein Spaßmacher, wieder Spaß zu finden am Leben, zu seiner Identität zurückzufinden, die sich verändert, wenn er eine andere Nase aufsetzt. Es ist fast paradox, dass Clowns dann selbst das benötigen, was »psychische Supervision« genannt wird, weil es ihnen schwer fällt, ihre seelische Spannung abzubauen.

Michael Christensen, der Erfinder, hat zusammengefasst, was man treffender nicht hätte ausdrücken können: »Der Clown ist im Spital der Einzige, der ungeschickter, hilfloser und tollpatschiger ist als das Kind. Das Kind bestimmt, was der Clown macht und was nicht. Das gibt dem Kind Kraft, Mut und unbeschreibliche Stärke.«

Das freilich gilt nicht nur für die Spitalsclowns. »In jedem echten Manne ist ein Kind verborgen; das will spielen«, hat angeblich Friedrich Nietzsche geschrieben. Heute müsste man Mann durch Mensch ersetzen; der Wahrheitsgehalt dieses Satzes bleibt dennoch unbestritten. Das ist das Wesen jedes Spaßmachers: Vergessen machen. Lachen machen. Oft, ja meist auch Weisheit überbringen, und sei es die Weisheit des Schalks.

Es gibt viel zu wenig Schalke auf der Welt und viel zu viele kranke Kinder.

Salonblödsinn und höherer Schwachsinn
Welche Gelegenheit es gibt, dumm zu lachen

Am Lachen erkenne man den Narren, hat meine Großmutter immer gesagt. Ich erinnere mich an sie als lächelnde, aber kaum lachende Altvordere. Mag sein, dass ihr das Leben abgewöhnt hatte, irgendetwas Komisches an ihm zu finden. Immerhin hatte sie zwei Weltkriege er- und überlebt, sie ist geboren worden, als Kaiser Franz Josef in seinen besten Jahren war, und hat als junge Frau um Kaiserin Elisabeth getrauert, so wie alle anderen auch. »Unser Kaiser!«, hat sie immer gesagt, wenn sie, als alle schon längst Republikaner waren, in einem Magazin sein Bild sah. Vielleicht hat meine Großmutter sich »unseren Kaiser« als Vorbild genommen, der hat, wie ich höre, auch nur gelächelt und selten oder nie gelacht.

Am Lachen erkennt man den Narren. Ein altes Sprichwort, dessen Missinterpretation leicht fällt. Ist jeder, der gerne lacht, ein Narr? Oder sind nur jene als Narren zu bezeichnen, die sich eines dummen Lachens befleißigen?

Bin ich dumm, wenn mir etwas komisch vorkommt, das anderen nicht einmal zum Zucken der Mundwinkel reicht? Ein Regisseur – er ist schon längst gestorben – hat mir einmal von einem Erlebnis erzählt, das seiner Meinung nach die Bedeutung von Komik beziehungsweise dessen, was man unter komisch verstehen kann, total relativiert. Dass es sich um eine Szene in einer Landesheilanstalt gehandelt hat – damals hat man wohl »Irrenhaus« dazu gesagt –, unterstreicht die besagte Relativierung des vermeintlich Komischen.

Er habe, berichtete der Regisseur, zu einer Zeit, als er noch mit einer Theatergruppe arbeitete, ein Gastspiel in der erwähnten Heilanstalt absolviert. In dem Stück, das gespielt wurde, habe es eine Szene gegeben, die wohl die spaßigste der ganzen Komödie war. Stets hatten sich an dieser Stelle die Zuschauer vor Lachen gebogen. Nicht so an jenem Abend. Da verzog das Auditorium, aus Insassen der Anstalt bestehend, keine Miene. Es herrschte völlige Stille, man hätte eine Stecknadel fallen hören können. Die Menschen auf der Bühne waren perplex, es fiel ihnen schwer, ihren Text weiterzusprechen.

Und dann, ein paar Szenen weiter, trat – so ungefähr habe ich die Erzählung in Erinnerung – ein Briefträger auf und sagte: »Hier ist der Brief!« Oder – so genau weiß ich nicht mehr, was mir der Regisseur berichtete – ein Stubenmädchen kam aus der Kulisse und brachte ein Glas Wasser, das gewünscht worden war. Das genügte, dass sich die Menschen im Zuschauerraum vor Lachen wälzten. Die Schauspieler, die vorher konsterniert waren, sind es in diesem Augenblick noch viel mehr gewesen. Sie waren noch mehr überrascht, als sie durch Zurufe aus dem Publikum ermuntert wurden, den Auftritt zu wiederholen. »Hier ist der Brief!« oder: »Hier ist das Glas Wasser!«, immer wieder, dreimal, viermal musste es gespielt werden, bevor das Stück weitergehen konnte.

Er habe, sagte der Regisseur, damals erfahren, dass offenbar jeder Mensch einen anderen Begriff von Komik hat. Und dass das, was mich zum Lachen reizt, nicht unbedingt auch dem anderen komisch vorkommen muss.

Gibt es also in Wahrheit gar kein dummes Lachen? O doch. Immer dann, wenn im Spiel ist, was ich unter dem Stichwort »Dummheit« im Lexikon gefunden habe. Es handle sich, verrät dieses, um so genannten »Salonblödsinn« oder »höheren Schwachsinn«, also »das plötzliche Aussetzen der verstandes- und wissensmäßigen

Orientierung bei sonst intelligenzmäßig unauffälligen, gut angepassten und gebildeten Personen«.

Ich konnte diese Kurzdefinition nicht oft genug lesen, so treffend schien sie mir, so deutlich schien sie auf jene Personen zugeschnitten, die meiner Meinung nach dumm lachen.

Ich denke da zum Beispiel an jene offenbar »intelligenzmäßig unauffälligen« Menschen, die im Kabarett, aber auch bei bloßen Ausschnitten solcher Szenen im Radio lachen, auch wenn der Kabarettist Belanglosigkeiten von sich gibt, Sätze, die man beim besten Willen nicht als Aperçus bezeichnen kann. Sie lachen »betulich«. Sie lachen, weil sie meinen, sie müssten es tun, sie lachen, weil man sonst meinen könnte, sie verstünden nicht, was der Sprecher sagt, und sei es nur »zwei mal zwei ist vier«. Wenn sie wenigstens die Aussage, dass zwei mal zwei fünf sei, mit einem Lacher quittieren würden!

Und doch gibt es Menschen, die nicht wissen, wann sie lachen sollen. Dann wird es ihnen gezeigt, akustisch jedenfalls. Dann werden auch im Fernsehen jene Lachkonserven abgespielt, die aus dem Off schallendes Gelächter nach Bemerkungen ertönen lassen, die unsereinem nicht einmal ein müdes Lächeln abringen würden. Leider hat sich diese amerikanische Unsitte, vor allem bei Serien zu hören, auch in ähnliche Machwerke deutscher Produktion eingeschlichen. Es ist zwar noch nicht bis zum »Probelachen« gekommen, obwohl es bei Fernsehshows vor der Aufnahme einen »Probeapplaus« des Auditoriums gibt. Aber das Lachen zu probieren und im »Ernstfall« dann auch auszuüben – das kann, glaube ich, nicht mehr lange auf sich warten lassen.

Waren auch jene schuld, die in den letzten Jahren die sich von Mal zu Mal steigernden Blödeleien der Wiener Philharmoniker in den weltberühmten Neujahrskonzerten belachten? Das Orchester, eines der besten der Welt, hat sich zunehmend dazu hergegeben, zu Jahresbeginn die Musik zeitweilig zur Show zu machen; den vorläufigen Höhepunkt erreichte diese Dummheit beim Neujahrskonzert 1999. Zirkusähnliche Einlagen wurden geboten; so wurde Maestro Lorin Maazel zeitweilig zum Schlagwerker degradiert, täuschte vor, dass er sich den Schlegel auf den Daumen geschlagen habe und wurde von einem Musiker verarztet, der mit einem überdimensionierten Verbandkasten auftrat und den Dirigenten versorgte. Die Leute haben gelacht.

Moral: Ein Publikum kann nicht elegant genug sein, um zwar bis zu 10 000,- Schilling für eine Eintrittskarte zu bieten, dann aber die Vernunft und unter Umständen auch das Hirn in der Garderobe abzugeben. Die Philharmoniker jedenfalls dürften sich über jene Rezensionen, die diese »Neujahrseinfälle« des Orchesters verurteilten, nicht sehr gefreut haben.

Zu Neujahr 2000 hat es dann keine G'spaßett'ln gegeben. Aber vielleicht wollte sich Maestro Muti nicht die Dirigentenshow stehlen lassen.

Das böse Tier in uns
Von der Niedertracht des Lachens

Als Student sah ich unweit eines Schihotels eine Gruppe von jugendlichen Spastikern, die mit Schiern an den Beinen und Stöcken in der Hand von ihren Betreuern über einen verschneiten Weg geleitet wurden. Der eine brachte Beine und Hände durcheinander, fiel um und die anderen stürzten über ihn. Es war eigentlich ein bejammernswerter Anblick. Die Umstehenden lachten. Sie waren gesund, Grund genug für das, was mit dem Wort »Auslachen« eigentlich nicht entsprechend beschrieben wird. Es ist eher ein aggressives Lachen. Unbewusste Aggressivität ist einer der prominentesten Lachreize.

Bosheit hat nur am Rande mit dem Wort »böse« zu tun. Gewiss, es gibt auch ein böses Lachen, ein satanisches. Aber davon ist hier nicht die Rede. Es geht um jene Bosheit, die fast so etwas wie eine scherzhafte ist. Es ist jene Spur von Niedertracht, gegen die wir uns nicht wehren können, weil sie uns angeboren zu sein scheint.

Das Auslachen, das schadenfrohe Lachen sind die reinste Form heiterer Aggressivität. Da sehen wir, wie ein Mensch schnurgerade auf eine Bananenschale zugeht. Wir könnten ihn warnen. Wir tun es nicht. Das böse Tier in uns hält uns davon ab. Das Teuferl sagt: »Tu's nicht. Du wirst einen Mordsspaß haben.« Und wir folgen und rufen nicht »Achtung!«, sondern wir warten. Und dann lachen wir. Vielleicht nur innerlich, aber wir lachen.

Im Grunde war diese immanente Bosheit, diese Spur von Niedertracht schon in uns verborgen, als wir noch Kinder waren. Als wir im Kasperltheater saßen und jubelten, wenn das Krokodil geprügelt wurde. Irgendwie war da so etwas wie Aggressivität mit im Spiel. Kindliche Aggressivität, gewiss. Aber ist diese nicht mindestens so ausgeprägt wie die der Erwachsenen (und der Politiker!)? Ich wundere mich, dass das Krokodil im Kasperltheater noch immer als Symbol des Bösen gilt, wo es doch längst zur schützenswerten Kreatur geworden ist.

Ernsthaft: Die Facetten der witzigen Bosheit (oder des boshaften Witzes) sind mannigfach. Sich etwa über die Burgenländer lustig zu machen, bringt uns nur dann zum Lachen, wenn wir nicht wissen, welche Scherze die Schweizer über die Österreicher verbreiten. Peter L. Berger, der Amerikaner, erklärt die diesbezüglichen unbewussten Aggressionen sehr deutlich:

»Die Neigung zu ethnozentrischer Bosheit ist offensichtlich universell. Andere Witztypen setzen eine bestimmte Gruppe wegen anderer imaginierter Eigenschaften als ihrer Dummheit herab – Geldgier, Faulheit,

Promiskuität, Frigidität usw. (Die entsprechenden Beispiele wären Witze über Juden, Afroamerikaner, Puertoricaner, Wasps – die weißen Durchschnittsamerikaner.) Zu beachten ist Folgendes: Wie bedauerlich die in diesen Witzen sich ausdrückenden Gefühle auch moralisch gesehen sein mögen – die Witze können trotzdem komisch wirken; tatsächlich mag gerade die Tatsache, dass solche Witze moralisch abzulehnen sind, ihre Attraktivität als die eines verbotenen Vergnügens erhöhen.«

Berger meint, dass Berufsgruppen mit hohem Prestige bevorzugte Zielscheiben komischer Aggression seien, also in Amerika etwa Juristen und Psychiater. Ich darf ergänzen (oder verbessern?): Während der Russenbesetzung waren in der sowjetischen Zone Österreichs die Besatzungssoldaten bevorzugte Zielscheibe solcher Aggressionen. Mag sein, dass diese Art von »ethnozentrischer Bosheit« eine Möglichkeit war, die permanente Angst zu überspielen, die bis 1955 auf den Bewohnern der österreichischen Sowjetzone lastete. »Russenluster« hießen jene notdürftig installierten Lichtquellen, die aus einer am Kabel baumelnden Glühbirne bestanden. »Jugokoffer« werden heute von manchen scherzhaft jene Kunststoffsäcke genannt, in denen man gekaufte Waren nach Hause trägt. Ethnozentrische Bosheit in Reinkultur! So wie jene imaginären Anfragen an das damals noch sowjetische, ebenfalls imaginäre Radio Eriwan. Beispiel: Kann man Leuchtkäfer mit Wanzen kreuzen? Anwort: Ja. Dann kann Iwan Iwanowitsch auch bei Dunkelheit die Prawda lesen. Oder: Kann man Schreibmaschine und Kukuruz kreuzen? Antwort: Selbstverständlich. Wenn Pjotr Sergejewitsch dann eine Kolbenreihe zu Ende gegessen hat, läutet es und der Kukuruz springt zurück. Wir lachten. Nicht viele Jahre später umrundete ein sowjetischer Raumfahrer noch vor den Amerikanern die Erde.

Aggressives, schadenfrohes, gelegentlich niederträchtiges, boshaftes Lachen hat in der Tat viele Gesichter. Wir lachen insgeheim oder auch offen, wenn wir mit Verunstaltungen oder Behinderungen konfrontiert werden – vorausgesetzt, dass ein anderer von ihnen betroffen ist. Auch dies ist eine uralte Eigenschaft, nicht nur der Menschen. Die Götter haben gelacht, wenn Hephaistos sie bediente. Denn Hephaistos hatte einen Buckel. Sie haben das bewusste homerische Gelächter angestimmt. Auch wir lachen – und nicht nur über einen Buckel, wenngleich über einen solchen ganz besonders.

Trotzdem kommt mir da immer wieder eine Anekdote, besser: ein Witz, in den Sinn, den fast Bergson ersonnen haben könnte.

Ein Mann lässt sich vom Schneider einen Anzug anmessen. Bei der ersten Probe stellt er fest, dass die Schultern schief geraten sind. »Macht nichts«, sagt der Schneider, »heben Sie halt die eine Schulter ein wenig an, dann passt's.« Bei der zweiten Probe ist ein Ärmel zu kurz. »Macht nichts«, sagt der Schneider, »ziehen Sie die Hand hinein.« Bei der dritten Probe stellt sich heraus, dass ein Hosenbein zu kurz ist. »Macht nichts«, sagt der Schneider, »heben Sie das Bein ein wenig an.«

Der Mann, der den Anzug dringend braucht, lässt sich das alles gefallen. Als er damit zum ersten Mal ausgeht, betrachten ihn zwei Passanten. »Schau den armen Krüppel an«, sagt der eine. Worauf der andere erwidert: »Aber einen guten Schneider hat er!«

Ein guter Witz? Oder nicht doch ein makaberer, einer, der unbewusst jene Zufriedenheit in uns hervorruft, die da sagt: Abnormitäten, wenn auch vorgetäuschte, sind lachhaft.

Was all dem zu Grunde liegt, ist eine ganz einfache Formel: »Du, nicht ich.« Es ist jemandem anderen passiert.

Und wenn man gelegentlich auch von mitleidigem Lächeln sprechen kann, so ist auch dies auf diese Formel zurückzuführen, wenngleich es unbewusst geschieht. Mit-Leid ist eigentlich in diesem Fall fast so etwas wie ein Täuschungsmanöver. In Wahrheit heißt auch mitleidiges Lächeln nichts als: »Gott sei Dank ist es nicht mir passiert.«

Es handelt sich eben um die uralten Gegensätze gesund/krank, stark/schwach, schön/hässlich. Wer gesund ist, triumphiert unbewusst, wenn er Kranke besucht. Wer stark ist, scherzt über Schwache, und wer schön ist, macht Witze über die Hässlichkeit. Ohne es zu wissen, lassen wir dem Triumph seinen Lauf, weil wir nicht annehmen – oder nicht annehmen wollen –, dass es uns morgen genauso gehen kann.

Das auch ist die Ursache dafür, dass zwei der schwersten Krankheiten unserer Zeit, Aids und Alzheimer, Gegenstand zahlreicher Witze geworden sind, und dass die vermeintlich besten jene sind, die gleichsam zwei Fliegen auf einen Schlag treffen, nämlich das »Witzige« im einen und im anderen Fall. Da werden die Tests von zwei Patienten durcheinander gebracht, und der Arzt gesteht der anrufenden Frau eines der Patienten, dass es im Labor ein Problem gegeben habe. »Aber wie weiß ich jetzt, was mein Mann hat?«, erkundigt sich aufgeregt die Dame. »Schicken Sie ihn spazieren«, sagt der Arzt, »und wenn er nach Hause kommt, gehen Sie nicht mit ihm ins Bett!«

Kann Krankheit lächerlich sein? Es scheint mir, dass das Erzählen solcher Scherze viel eher eine Form von Schutzpanzer ist, den man sich anlegt, weil man nicht denken will, wie schnell das Schicksal zuschlagen kann.

Es ist aber möglicherweise auch – und diese Auslegung gefällt mir viel besser – ein Lachen der Hoffnung. Mir wird schon nichts passieren, solange ich lustig bin. Lachen = Optimismus = Gesundheit, seelische jedenfalls. Halten wir uns an eine solche Interpretation, wenn wir über Krankheiten scherzen.

Soll das ein Angriff sein?
Vom aufgesetzten Lächeln und der starren Freundlichkeit

Einer meiner Freunde erzählt, wenn er – er ist ein UNO-Beamter und daher viel unterwegs – von seinen Reisen berichtet, gerne von einem Zwischenfall, der ihm irgendwann einmal widerfahren ist. Die Erinnerung macht ihn lächeln, und wir Zuhörer haben gleichfalls gelacht, als wir die Geschichte das erste Mal hörten. Es war auf einem innereuropäischen Flug, das Essen wurde serviert, und eine der Airhostessen – heute sagt man gerne »Flugbegleiterin« – scheint übermüdet, überfordert oder ganz einfach schlecht gelaunt gewesen zu sein. Sie stellte das Tablett so unsanft, ja hart vor den Passagier hin, dass dieser nicht anders konnte, als sie zu fragen: »Entschuldigen Sie – soll das ein Angriff sein oder ein Service?«

Die Antwort der Dame hat er nicht berichtet, das Ganze aber bringt mir immer wieder die Frage ins Gedächtnis, was es denn mit dem »aufgesetzten Lächeln« für eine Bewandtnis habe. Mit dem Lächeln also, von dem ich sofort spüre, dass es nicht von innen kommt.

»Da kommt das Vogerl heraus«, sagte man den Kindern, wenn sie in die Kamera blicken sollten. Bei den Kleinsten nützt dies nichts, da sitzen die Tränen locker. Es gehört zu den Skurrilitäten der menschlichen Natur, dass man lächelnd den Auslöser betätigt, wenn ein dem Säuglingsalter knapp entwachsenes Kind den Mund verzieht und zu plärren beginnt. Ist er nicht niedlich? Ist sie nicht herzig? Schmerz kann auch lachen machen. Den jedenfalls, der nicht vom Schmerz betroffen ist. »Say cheese«, wird man in englischsprachigen Ländern aufgefordert, wenn man für ein Foto lächeln soll.

Sie wollen wissen, was ich unter »aufgesetzt« verstehe? Unter anderem dieses Cheese-Lächeln, das für unsereinen in der Tat nichts als Käse ist. Man meint es nicht. Man tut es meist den Fotografen zuliebe. Schauen Sie sich die Passfotos an, vor allem die aus einem Automaten. Nicht einmal aufgesetzt ist da das Lächeln, wenn das Bild nicht ohnedies aus einem Verbrecheralbum zu stammen scheint. Nirgendwo erstarrt das, was wir fälschlich für Lächeln halten, so zur Grimasse wie dort, wo man sich dazu zwingt. Nirgendwo merkt man so sehr, was »aufgesetzt« ist, wie dort, wo dieses Wort fast buchstäblich verstanden werden soll. Man hat eine Maske aufgesetzt. Wenn man sie abnimmt, ist die Herzlichkeit verschwunden.

Es gibt unzählige Berichte über Wirte, von denen bekannt ist, dass sie ihre Gäste anherrschen, so als ob diese Bittsteller wären. Es gibt zahlreiche Erzählungen, über Restaurants, in denen man behandelt wird wie der letzte Dreck. Interessant ist dabei nur, dass gerade solche Wirte als Unikate gehandelt werden, dass zwar nicht der Gastwirt, aber der Gast lächelt, weil er in einer Art von Masochismus erträgt, was ihm an schlechter Laune geboten wird, weil das restliche Gebotene vorzüglich ist. Friedrich Torberg hat von einem Berühmten dieser Spezies erzählt. Aber lassen wir den Autor selbst zu Wort kommen:

Die Geschichte beginnt damit, dass eines heißen Sommertages ein Gast des Restaurants Neugröschl zum Abschluss seines Menus einen Kaiserschmarrn bestellt.

»Was dazu?«, fragt der Kellner, unter der Einwirkung der Hitze – die überhaupt eine gewisse Knappheit des Dialogs zur Folge hat – noch mürrischer als sonst.

»Ein Kompott.«

»Was für ein Kompott?«

»Egal.«

Nach einer angemessenen Frist serviert der Kellner den Kaiserschmarrn mit einer Portion Zwetschgenröster als Beilage; er will sich entfernen, wird jedoch vom Gast zurückgehalten:

»Herr Ober, ich habe als Beilage ein Kompott bestellt.«

Der Kellner, mit entsprechender Handbewegung:

»Da steht's ja.«

»Was steht da?«

»Ihr Kompott.«

»Das sind Zwetschgenröster.«

»Eben.«

»Was heißt eben? Wenn ich ein Kompott bestelle, will ich keine Zwetschgenröster.«

»Warum nicht?«

»Weil Zwetschgenröster kein Kompott sind!«

»Zwetschgenröster sind kein Kompott?«, fragt mit provokanter Überlegenheit der Kellner.

»Nein!«, brüllt der Gast.

»Zwetschgenröster sind ein Kompott.« Jetzt hebt auch der Kellner die Stimme.

»Zwetschgenröster sind kein Kompott! Rufen Sie mir den Chef!«

Das erweist sich als überflüssig. Herr Neugröschl, angelockt durch die immer lauter gewordene Auseinandersetzung, die bereits vom ganzen, dicht gefüllten Lokal mit größter Aufmerksamkeit verfolgt wird, ist an den Tisch getreten und fragt nach der Ursache des Lärms. Selbstverständlich fragt er den Kellner und nicht den Gast, dem er mit einer scharfen Handbewegung Schweigen gebietet.

»Der Herr hat Kaiserschmarrn mit Kompott bestellt«,

berichtet der Kellner, »und ich hab ihm Zwetschgenröster gebracht.«

»No also.« Mit gerunzelten Brauen mustert Herr Neugröschl den widerspenstigen Gast. »Was will er dann noch?«

»Er sagt, Zwetschgenröster sind kein Kompott.«

»Was sagt er?« Herr Neugröschl tritt dicht an den Beschuldigten heran. »Das haben Sie wirklich gesagt?«

»Natürlich«, antwortet der Gast.

»Sagen Sie's noch einmal.«

»Zwetschgenröster sind kein Kompott.«

Dass er von Herrn Neugröschl niemals Recht bekommen wird, muss ihm längst klar gewesen sein. Aber was ihm jetzt passiert, hat er ganz gewiss nicht vorausgesehen: Herr Neugröschl, der Hitze wegen in Hemdsärmeln, krempelt dieselben hoch, packt ihn mit der einen Hand am Genick, mit der anderen um die Taille und befördert ihn mit dem Ruf: »Zahlen brauchen Sie nicht, Sie sind mein Gast!« zur Türe hinaus.

Dann – und das ist der eigentliche Kern der Geschichte – pflanzt sich Herr Neugröschl mitten im Lokal auf, seine Blicke schweifen in die jäh verstummte Runde der Gäste, die sich ängstlich über ihre Teller ducken, und seine Stimme klingt Unheil verkündend, als er Anlauf nimmt:

»Es sind noch ein paar da, die sagen, Zwetschgenröster sind kein Kompott!« Und schüttelt drohend die erhobene Faust: »Aber ich kenn' sie alle!«

Wien bleibt Wien, Neugröschl ist überall. Es ist auch gelegentlich überaus schwierig, Verkäuferinnen vor allem am Samstag ein Lächeln abzuzwingen, »Entschuldigen Sie, dass ich bei Ihnen etwas kaufen will«, überschrieb ich eine Kolumne, in der ich, vom Grimm wegen schlechter Bedienung in manchen Geschäften davongetragen, über die üble Laune alldort heftig Klage führte. Nicht einmal ein aufgesetztes Lächeln ist da vorhanden.

Noch einmal zurück. Die Fluggesellschaften lassen, wenngleich nicht immer erfolgreich, nichts unversucht, um den angehenden Stewardessen und Stewards einzubläuen, dass sie – aber nein, lächeln steht eigentlich gar nicht auf dem Programm, expressis verbis jedenfalls. Vielmehr versteht sich offenbar von selbst, was unter »Höflichkeit in den Umgangsformen« im Prüfungsprogramm der »Cabin Attendants« verzeichnet ist. Es ist interessant, sich näher mit diesem Prüfungsprogramm etwa der Austrian Airlines zu befassen. Es geht in diesem Fall vor allem um Eignungsprüfungen im Rahmen des so genannten »Recruitments«, das zur Aufgabe hat, Anwärterinnen für einen Beruf zu finden, der heute nichts mehr von Glamour an sich hat, sondern in Dienstleistung hoch über den Wolken besteht.

Die Prüfer sind angehalten, eine ganze Reihe von Eigenschaften zu klassifizieren, von denen für uns vor allem zwei bemerkenswert sind. Da ist einmal die Rubrik »Höflichkeit/Umgangsformen«, in der Folgendes zu qualifizieren ist: »Charmant, ohne aufdringlich zu sein. Beherrscht die gängigen Regeln. Wertschätzung des Gesprächspartners.« Und dann unter einem Punkt »Stress-/Konfliktbewältigung« unter anderem: »Sich nicht von Emotionen anstecken lassen. Ist locker, freundlich, zeigt angemessenen Humor.«

Lassen wir hier beiseite, inwieweit Humor mit Herzensbildung zu tun hat. Allein, die Herzensbildung scheint das A und O der Flugbegleiterbranche zu sein, sofern man der Chefausbildnerin der erwähnten Austrian Airlines, Ingrid Hofmann, glauben darf. Aufgesetztes Lächeln? Sie tut es mit einer Handbewegung ab. Das, sagt sie, sei eine falsche Auffassung, sowohl der Flugbeglei-

terinnen wie auch der Passagiere. Denn: Wem der Umgang mit Menschen nicht angenehm sei, der werde schon beim Recruitment ausgeschieden. Das kann sich dann auch noch bei jener Prüfung erweisen, bei der mit verteilten Rollen »gespielt« wird. Da kann es dann schon vorkommen, dass eine angehende Airhostess, durch die Zeitungswünsche eines »gespielten« Passagiers nervös gemacht, diesen kurz und bündig anfährt: »Soll ich Ihnen vielleicht das ganze Wagerl da lassen?« Keine Spur von Lächeln natürlich, nicht einmal von einem aufgesetzten. Kein Wunder auch, dass die betreffende junge Dame vor die Tür gesetzt wurde. Denn offenbar war ihr der Umgang mit Menschen nicht angenehm. Ihr war nichts von dem anzumerken, was als Gegenteil des »aufgesetzten« Lächelns gewertet werden kann: das unausgesprochene »Ich mag dich«. Die Menschen, heißt es in den Direktionen aller Fluggesellschaften, seien Individuen und wollen genauso behandelt werden.

Wieder einmal Einspruch: Warum merkt man gerade in einer Hochburg des Individualismus, in Amerika, davon gar nichts? Warum glaubt man, dass es dort wirklich noch dieses so vermaledeite aufgesetzte Lächeln gibt? In Wahrheit kommt es nicht mehr an. Es kommt nicht zurück, es findet keinen »Response«, wie es auf Neu-Anglodeutsch heißt. Wenn man zurücklächelt, dann nur wieder aufgesetzt.

Das Lächeln ist die kürzeste Verbindung zwischen zwei Menschen. Das sollte stimmen, auch wenn diese Verbindung eine zwischen Beamten und Staatsbürger ist. Ich meine, dass da noch viel an psychologischem Training fällig wäre. Warum lächeln Polizisten im Dienst so selten? Warum fällt dies vor allem bei Polizistinnen auf, die ihre Pistole besonders stolz und, wie man meinen sollte, besonders sichtbar tragen – und im Übrigen gerade in Wien zu den attraktivsten Uniformträgerinnen gehören, die ich kenne?

Mag sein, dass da immer wieder die Meinung vorherrscht, ein Lächeln oder gar ein Lachen tue der Seriosität nicht gut. Dass das eine mit dem anderen nichts, aber absolut nichts zu tun hat, ist noch viel zu wenig bekannt.

Das Geheimnisvolle und das Stereotype
Eine kleine Geographie des Lachens

»Die Tiroler sind lustig«, heißt es in einem Lied. Die Andalusier sind schwermütig. Die Kärntner singen, wenn sie nicht gerade ihr Faschingslachen abwickeln. Die Ungarn weinen, wenn sie Geigen hören. Es gibt viele falsche Merkmale, die man den Volksstämmen andichtet. Eines jedoch ist gewiss: Allen Menschen ist im Normalfall das Lachen näher als das Weinen.

»Freuet euch und frohlocket, denn euer Lohn wird groß sein im Himmel«, singt Wilhelm Kienzls »Evangelimann«. Über das Lachen und die Religion möchte ich nachher noch erzählen. Hier soll von der Geographie des Lachens die Rede sein. Auch so etwas gibt es meiner Meinung nach, selbst wenn es ungewöhnlich klingt. Aber wie soll ich sonst die Tatsache nennen, dass die Menschen des Südens lustiger und lebhafter sind als jene, die im Norden leben?

Aber fangen wir anders an. Reden wir vorerst von den Naturvölkern. Natürlich haben auch sie gelacht, vielleicht sogar mehr und häufiger als die Weißen. Wenn sich im südlichen Afrika Buschmänner Witze erzählen: was muss das für ein Geschnalze und Gekicher sein! Als die Amerikaner noch nicht Hawaii umstrukturiert und »verwestlicht« hatten (und schon gar nicht die Japaner, von denen ich nachher noch kurz erzählen möchte, die Inseln überflutet hatten), als Tahiti noch kein Motiv für Gauguin war und es auf Bora-Bora noch keinen Club Med gab, sollen die Eingeborenen dieser Eilande zu den heitersten der Menschheit gezählt haben. Es ist, wenn man den Erzählungen der ersten Reisenden glauben darf, viel gelacht worden in diesen Zeiten. Die Sonne machte es möglich.

Andere Völker haben – ich beziehe meine Weisheit wieder einmal aus dem Lexikon – dem Lachen sogar magische Kraft zugeschrieben. Mancherorts glaubte man, es könne Tote auferwecken – was, wie ich meine, nichts mit der Lautstärke zu tun hatte, sondern mit dem Zauber, den es verströmte. Das Lachen war in der Tat für diese Naturmenschen etwas ganz Natürliches, sie haben es weit öfter praktiziert als das Weinen. Wie sonst wäre es möglich, dass es auch – wieder Lexikon! – als so etwas wie ein akustischer Schutzmantel gebraucht wurde, wenn es galt, nachgeborene Kinder beim Tod des Erstgeborenen vor Gefahren zu behüten?

Eine magische Kraft des Lachens? Das scheint uns gar nicht so unzutreffend. Es ist ja auch ansteckend, so wie das Gähnen.

Doch hier nichts von der »sozialen Note« des Lachens, obgleich dieses Lachen bei den Naturvölkern, wie wir gesehen haben, auch als Hilfsmittel, als Remedium, eingesetzt wird, eben als Vorläufer unserer Lachtherapie. Gehen wir vielmehr einen Schritt weiter. Wenn die Eingeborenen in diesen, den südlichen Teilen der Welt viel mehr lachen als weinen – egal nun, ob aus magischen oder anderen Gründen –, dann wissen wir auch, was wir bereits in einem vorigen Kapitel festgestellt haben: Dass dort, wo die Sonne oft scheint, die Menschen lustiger sind als anderswo. Was wir als lautes Gehaben, als fröhliches Benehmen klassifizieren, hat, so meine ich, nichts mit Erziehung zu tun, sondern ganz einfach mit dem Klima. Die Neapolitaner sind fröhlicher und daher auch lauter als die Eskimos. Die Spanier benehmen sich anders und lachen mehr als die Hamburger. Die Geographie des Lachens ist einfach auch von der Landkarte abzulesen.

Wie die Geographie der Emotionen überhaupt. Es wäre soziologische Untersuchungen wert, sich mit der Frage zu befassen, warum in Ländern, die den Emotionen mehr, viel mehr Freiheit geben als bei uns, das öffentliche Weinen weitaus gebräuchlicher ist als das öffentliche Lachen. Bei Begräbnissen, die man oft, leider zu oft im Fernsehen sieht, weil sie eine Folge der Tragik kriegerischer Entwicklungen sind, ist ein solches Zur-Schau-Stellen des Schmerzes nichts Ungewöhnliches, und es sind oft auch Menschen, zumeist Frauen, die mit dem oder der Toten weder verwandt noch verschwägert und zumeist nicht einmal bekannt sind. Nicht immer, aber oft, ist in diesen Fällen auch von »Klageweibern« die Rede. Ich habe sie bei einem Begräbnis in Süditalien gesehen, schwarz bekleidet und gleich hinter den Verwandten wankend, laut ihrer Trauer Ausdruck gebend, herzzerreißend weinend – und dann, wie mir gesagt wurde, das entsprechende Salär kassierend.

Es gibt demnach entgeltliches Weinen. Es gibt kostbare Tränen, wobei das Wort »kostbar« in jeder Bedeutung gemeint ist. Es gibt aber kein käufliches Lachen. Es gibt weder »Lachweiber« noch »Lachmänner«. Niemand lacht, wenn er dafür bezahlt bekommt – es sei denn, auf dem Theater, oder wenn man sich als »Lacher« für eine Fernsehshow oder TV-Serie verdingt, wo das Lachen die Zuschauer vor dem Bildschirm animieren soll, auch selbst Szenen komisch zu finden, bei denen sie vielleicht ansonsten keine Miene verziehen würden. Auch der Clown lacht eigentlich nicht selbst, sondern bringt nur andere zum Lachen.

Man kann demnach darüber grübeln, warum zwischen berufsmäßigem Weinen und ebenso beruflichem Lachen ein so großer Unterschied besteht. Vielleicht deswegen, weil – und da könnte man nun tief in die Philosophie einsteigen – gerade dort, wo es mehr Sonne gibt als bei uns, das Lachen dem Menschen – ich habe schon davon geschrieben – geläufiger ist als das Weinen, weshalb man das Weinen kaufen muss?

Es gibt freilich Länder, in denen es überhaupt ungehörig ist, Emotionen frei zu zeigen. In Japan habe ich immer wieder Frauen gesehen, die, wenn sie kicherten, sich die Hand vor den Mund hielten, weil sie offenbar eine Konvention übertraten. Sie haben gelacht, aber nur im buchstäblichen Sinn hinter der vorgehaltenen Hand.

Andererseits ist das Lächeln der Ostasiaten, wie jeder von uns aus den in der Jugend gelesenen Büchern weiß, ein wichtiger, wenn nicht der wichtigste Grund dafür, warum man diesen Teil der Welt überhaupt als »geheimnisvoll« bezeichnet. Vielleicht deswegen, weil die Menschen – so kommt es mir bisweilen vor – eine Maske tragen, die lächelt?

Man sprach und spricht dann auch immer wieder von »geheimnisvollem Lächeln«. In der Tat ist dieses Lächeln jederzeit, überall und auf allen Gesichtern zu sehen, jedenfalls im Kontakt mit Ausländern. Dieses Lächeln wird sogar beibehalten, wenn ein Wunsch abgeschlagen, eine Auskunft verweigert, eine Information nicht gegeben wird – und sei es aus Unkenntnis. Es gibt auch das Lächeln der Verneinung, eines des Kopfschüttelns. Vielleicht deswegen, weil man, auch wenn man nichts weiß, dem Fragenden gegenüber nicht unhöflich sein will. Es ist ein Lächeln der Höflichkeit, das nicht einmal dann verschwindet, wenn der Ausländer ungeduldig wird. Jeder, der auf einem ostasiatischen Flugplatz einchecken wollte, weiß das.

Die Geographie des Lachens ist freilich eine, die sich nicht auf Hemisphären beschränken lässt. Da ist das stereotype Lächeln der Amerikaner, mit dem ich mich schon auseinander gesetzt habe. Da ist – die Götter müssen verrückt sein! – das Lachen der Aborigines. Lachen ist eben transkulturell. Eigentlich sollten wir darüber froh sein.

Jagatee und die Folgen
Lachen über Gefahr und gefährliches Lachen

Vor nicht allzu langer Zeit sah ich in einem amerikanischen Magazin ein Foto aus den frühen fünfziger Jahren. Es zeigte eine Familie, die in einem selbst eingerichteten atomsicheren Keller der Dinge harrte, die da kommen könnten. Nicht wirklich, versteht sich. Das Foto war Teil einer Reportage über die letzten fünfzig Jahre und sollte einen Aspekt der Furcht zeigen, die am Höhepunkt des Kalten Krieges in den Vereinigten Staaten krassierte: der Furcht vor einem sowjetischen Atomangriff.

So weit, so gut. Was aber frappierte, war die Tatsache, dass die Familie – Vater, Mutter und zwei Kinder – in die Kamera lächelte. Nein, nicht lächelte: lachte. Heißa, wie lustig ist es, auf einen Atomangriff zu warten und zu wissen, dass einem nichts passieren kann! Nun gebe ich zu, dass in der Werbung, in der amerikanischen vor allem, kein Platz für Trauer ist, nicht einmal in Prospekten von Bestattungsunternehmen. Es wird gelacht, immer und überall, und also auch im Atomschutzraum.

Mir aber schien dieses Beispiel – gewiss, es ist Jahrzehnte alt – typisch zu sein für den menschlichen Wunsch, über alles lachen zu können, und für die Angewohnheit nichts ernst zu nehmen, auch nicht jene Situationen, die man normalerweise als gelinde gesagt »gefährlich« bezeichnen würde. Die lachende Familie im Atomkeller sollte werben. Sie lag auf Stockbetten, die äußerst bequem aussahen, und sollte zeigen, wie einfach es sei, auch Atomwolken und Radioaktivität zu überdauern, sofern man sich vorher im Supermarkt mit allem Notwendigen eingedeckt hat.

Sie hatte, sollte dieses alte Foto zeigen, demnach leicht lachen, diese amerikanische Durchschnittsfamilie. Ich habe mich, als ich das Bild sah, gefragt, ob da nicht doch auch ein Quäntchen Dummheit mitgespielt habe. Steht nicht Dummheit Pate bei jedem Lachen, mit dem man der Gefahr begegnen will? Lassen Sie mich zuerst einmal eine Geschichte erzählen, die noch dazu den Vorzug hat, wahr zu sein. Vor Jahren habe ich mich mit dem damaligen Bundeskanzler Bruno Kreisky über den langjährigen österreichischen Innenminister der »Russenzeit«, Oskar Helmer, unterhalten. Dieser war immer wieder als großer Held gefeiert worden, weil er es gewagt hatte, in Sonntagsreden die sowjetische Besatzungsmacht zu attackieren – und das jeweils in Orten, die mitten in der sowjetischen Besatzungszone lagen. In Anbetracht der gelegentlichen Verhaftungen auch von österreichischen Funktionären schien mir das ein Beweis politischen Heldentums zu sein.

Weit gefehlt! »Wissen S', warum der Helmer das g'macht hat, ja?«, sagte Kreisky, »der hat sich g'fürcht wie alle. Er war wie a klaner Bua, der im finstern Wald laut lacht und pfeift, weil er Angst hat. So hat der Helmer seine Russenreden g'halten und gehofft, dass ihm nix passiert!« Kreisky hat Helmer, wie man sieht, nicht besonders leiden können.

Das Lachen in der Gefahr und über die Gefahr, und sei es nur ein imaginäres Lachen und eine vorgetäuschte Fröhlichkeit, hat mich immer wieder, so wie das Bild von der lachenden Familie im Atombunker, ein wenig (ein wenig?) an die erwähnte Dummheit erinnert. Da gibt es zum Beispiel den Begriff des »Abenteuerurlaubs«, die attraktive Freizeitgestaltung für Menschen, die alles andere schon genossen haben. Ferien ohne Nervenkitzel sind langweilig. Man muss lachend der Gefahr und gelegentlich auch dem Tod ins Auge schauen, um zu beweisen, was man sich traut – siehe auch unter Helmer. Ich meine nicht das Rafting, auch nicht das Bungeejumping, nicht das Extremklettern und auch nicht das Tauchen in die Tiefe der Meere. Ich meine etwa Reisen in Gebiete, die von den verantwortlichen Stellen ausdrücklich als gefährlich bezeichnet werden. Ich meine Urlaube in Krisenbereichen, die justament angetreten werden, weil es ja lächerlich ist, sich zu fürchten.

Ein anderes Beispiel: Immer wieder kann man in Fernsehberichten über das Wüten eines Hurrikans Menschen ausmachen, die sichtlich ohne jeden erdenklichen Grund sich dem Orkan stellen, sich etwa unweit einer tosenden Brandung und zwischen windgepeitschten Palmen filmen lassen, und gelegentlich sieht man flüchtig auch die lächelnden Gesichter. Aber kommt nicht auch bei uns zuerst das Lachen und dann die Angst, wenn nicht die beiden Phänomene sogar gleichzeitig auftreten? Immer wieder muss man als ergrimmter Zeitgenosse dann erfahren, dass diese lachende Dummheit auch noch andere Menschen in Gefahr bringt, jene nämlich, die dann zur Rettung aufgeboten werden müssen.

Es hat aber auch noch ein ganz anderes Lachen über die Gefahr, ein Lachen in der Gefahr gegeben. Ein gefährliches Lachen. Während der NS-Diktatur musste man bestenfalls damit rechnen, in Haft genommen und schlimmstenfalls um einen Kopf kürzer gemacht zu werden, wenn bekannt wurde, dass einer dem anderen »zersetzende«, so genannte Flüsterwitze erzählte, solche, die das Regime verhöhnten. Es gab sie zu Hunderten und sie wurden trotz der Gefahren, die man einging, immer wieder weitergegeben; auch ich habe damals, obwohl ich ein Bub war, etliche in meiner Familie gehört – und habe viele nicht verstanden. Einer aber ist mir in Erinnerung geblieben. Jener, der davon berichtet, wie zwei Irrenärzte einander treffen. »Heil Hitler!«, ruft der eine. »Heil du ihn!«, antwortet der andere. Hätte ich den Witz in der Schule weitergegeben, wären die Folgen unausdenkbar gewesen.

Aber wir Kinder wussten es nicht, wir ahnten es nur. In der Schule sind damals keine politischen Witze erzählt worden, obgleich wir für Lustiges uns durchaus schon erwachsen genug vorkamen. Was wir zuhause hörten, haben wir, einer inneren Stimme folgend, nicht weitergetragen. Wir glaubten zu wissen, dass wir uns in einer gefährlichen, in einer schaurigen Zeit befanden, auch wenn wir, längst noch nicht im Soldatenalter, allfälligen Nervenkitzel nur in der Geisterbahn erfuhren. Oder auf der Hochschaubahn im Prater. Es gibt sie nicht mehr, sie ist verbrannt, wie vieles aus meiner Erinnerung. Modernes Amüsiergerät ist an ihre Stelle getreten, die »Roller Coasters«, Modell USA, begeistern jetzt die jungen Besucher der »Amusement Parks«. Ich frage mich freilich immer, was die Ursache des grellen Lachens ist, das von den Insassen der kleinen Wägelchen immer dann ausgestoßen wird, wenn es hinunter geht.

Ist es das Lachen über die Gefahr (die es allerdings, wie anzunehmen ist, dort gar nicht gibt)? Ist es das Lachen, das die Angst übertönen soll? Oder ist es die Kompensation des Körpers für das Gefühl, das Magen und Hals eins werden ließ? Ich bin nie gerne mit einer Hochschaubahn gefahren. Weit mehr hat mich die Geisterbahn interessiert. Was in Disneyland und Disneyworld gleichsam artistisch überhöht worden ist, der »Schrecken« in den jeweiligen »Haunted Houses«, in den »verwunschenen Häusern«, hat es immer schon im Wiener Prater gegeben. Vielleicht primitiver, aber doch nicht weniger eindrucksvoll. Und das Gelächter und Quietschen der Besucher ist sogar durch Lautsprecher übertragen worden, als Lockmittel gewissermaßen. Wenn dann im Finsteren ein hohles Lachen erklang, fürchteten wir uns alle sehr. Denn Lachen kann auch schaurig wirken, gespenstisch, nervenzerreißend. Lachen, das aus der Sphäre des Unsichtbaren, des gleichsam Metaphysischen kommt, ist Furcht erregend und wird auch immer wieder als Mittel zum Zweck eingesetzt. Nichts ist gespenstischer als ein Gespenst, das lacht. Es ist schrecklich, weil ihm jedes Motiv fehlt, außer dem, Schrecken zu verbreiten. Es gleicht einem unsichtbaren Zähnefletschen. Ich wundere mich, dass es zwar eine so umfangreiche wissenschaftliche Literatur über das Wesen des Lachens gibt, aber der Aspekt des Schauers, der Gänsehaut, meines Wissens nirgendwo behandelt wird. Hohles Lachen lässt doch, meine ich, genauso die Haare zu Berge stehen wie eine sich knarrend öffnende Tür in einem alten Schloss. Das Lachen des irren Mörders kann sogar zum Markenzeichen eines Serienkillers avancieren. Warum das so ist, habe ich nie so richtig ergründen können – so viele einschlägige Bücher ich auch durchblättert habe.

Gefahr und Lachen sind also zwei Begriffe, die durchaus konform auftreten können. Sie sind kein Widerspruch in sich. Man lacht in der Gefahr, über die Gefahr, man lacht der Gefahr, man kann sogar lachen, wenn man Angst hat. Und doch ist Angst weder lachhaft noch lächerlich. Auch unsere Vorfahren, die Hominiden, haben Angst gehabt. Dabei ist noch gar nicht viel Menschliches an ihnen gewesen.

Darf ein Manager lächeln?
»Management by smiling« und die Seriosität

Ist Journalismus lustig? Macht es Spaß, als Filter zu fungieren, der Ereignisse lesergerecht aufbereitet? Ich liebte die Redaktion. Die Atmosphäre dort schien mir bei aller Entpersönlichung, die der Computer mit sich bringt, doch immer noch eine kommunikationsfreudige zu sein, auch was die interne Kommunikation betrifft. Ich genoss die Möglichkeit lockerer Gespräche und jener Heiterkeit, die auch dann noch vorhanden scheint, wenn die Arbeit, die zu leisten war, im Grunde gar nicht heiter gewesen ist.

Deswegen hat mich auch die Erinnerung an jene Karikatur erheitert, die einen Arzt zeigt, der die Befunde eines Patienten vor sich liegen hat und ihm sagt: »Vor allem einmal: Hypochonder sind Sie keiner!« Lassen Sie mich anders fragen: Ist Lächeln am Platze, wenn Bitterernstes in Rede steht? Etwa, wenn der Arzt Betrübliches mitzuteilen hat? Oder noch anders gefragt: Sind Beruf und Lächeln vereinbar, mangelt es nicht an Seriosität, wenn der Arbeitende lacht? Gar, wenn er eine Chefetage besetzt hält?

Es gibt dutzende, ja hunderte Fibeln für Manager. Führungskräfte üben eine Tätigkeit aus, die bisweilen im Buche steht, und sie lesen auch. Das »Learning by doing« wird immer häufiger, weil auch der Wechsel der Tätigkeit immer häufiger wird. Einmal einen Kaffeegroßhandel und dann eine Ziegelproduktion zu leiten, ist keine Seltenheit mehr. Die Voraussetzungen sind die gleichen, scheint es.

Und da kann es dann immer wieder dazu kommen, dass die Seriosität der Aufgabe keine Zeit lässt für Heiterkeit, keine Gelegenheit zum Lächeln.

Können, dürfen Manager lachen? Ist es etwa dem Chef eines Bestattungsunternehmens erlaubt, gelegentlich seinem Herzen Luft zu machen und der Heiterkeit zu frönen? Wenn Sargträger ihre Last abgesetzt und sich zurückgezogen haben, werden Witze gerissen wie in der Sauna. Das ist verständlich – die Routine, die nicht mit Abgestumpftheit verwechselt werden darf, gestattet von Zeit zu Zeit Erleichterung.

Ich kenne andererseits Manager, denen zumindest vor den Augen ihrer Mitarbeiter nur selten oder gar niemals ein Lächeln entkommen ist, entwischt geradezu. Wer seriös sein will – und Manager sind seriös, haben jedenfalls seriös zu sein –, der darf nicht lachen. Muss das wirklich sein? Mag sein, dass ein leises Lächeln seine Lippen umspielt, wenn er für die Zeitung oder das Fernsehen abgebildet werden soll. Ich frage mich in diesem Zusammenhang immer wieder, warum da das Telefon eine so große Rolle spielt. Auch im Zeitalter der Handys werden die meisten Damen und Herren, die ihre Managerqualitäten bildmäßig zeigen möchten, mit einem Telefonhörer am Ohr gezeigt. Sie blicken streng in die Kamera und beweisen solcherart, dass sie es sogar mit der Kommunikation, mit der zwischenmenschlichen Beziehung im Betrieb, ernst meinen. Würden sie am Telefon lächeln, könnte man annehmen, dass der imaginäre Gesprächspartner – von dem jeder weiß, dass es ihn nicht gibt, weil die Aufnahme getürkt ist – ein Spaßvogel zu sein scheint oder jedenfalls einer, der leicht zu behandeln und mit dem leicht zu verhandeln ist. Wenn einmal das Fernsehtelefon allgemein eingeführt sein wird, dürfte sich allerdings auch die entsprechende Mimik ändern. Dann könnte das »Keep smiling«, sofern beiderseits angewandt, durchaus zur Managementmethode werden.

Es ist höchste Zeit, die unzähligen Managerfibeln und Führungs-Lehrbücher durch eine Anleitung für das Lächeln zu ergänzen. Einen Betrieb zu leiten, muss nicht unbedingt heißen, bitterböse Miene zu zeigen. Aber da ist natürlich das Bestreben, sich jener Führungsart zu befleißigen, die man »Management by fear« nennen könnte. Oderint, dum metuant. Sie mögen mich hassen, solange sie mich nur fürchten. Kein Anzeichen von Heiterkeit soll von meinem Antlitz abzulesen sein.

Und gar die Konferenzen! Ich hatte Gelegenheit, jahrelang im Nebenberuf eine Betriebszeitung zu gestalten, was es notwendig machte, dass sich leitende Herren der verschiedensten Abteilungen (damals war die Frauenemanzipation längst nicht so weit fortgeschritten wie heute) zusammensetzten, um die nächste Nummer zu besprechen. Ich war der einzige Außenseiter und habe das Lachen, das ich mir ansonsten verbeißen konnte, immer dann fast nicht mehr zurückhalten können, wenn erstens die Zahl der Fotos des Generaldirektors auf die notwendige Quantität aufgestockt wurde und zweitens der abwesende Chef des Hauses stets mit »Herr« apostrophiert worden ist. Der Herr Generaldirektor wünscht, der Herr Generaldirektor glaubt, das wird dem Herrn Generaldirektor aber gar nicht passen. Es fehlte nur noch, dass der jeweils Sprechende sein Hinterteil ehrerbietig lüftete. Wenn das nicht zum Lachen ist? Aber es werden ja ärarische Akten auch immer noch mit der Chiffre »HBP« oder »HBM« bezeichnet, wenn der Herr Bundespräsident oder der Herr Bundesminister gemeint ist. Ob auch »FBM« stehen könnte, habe ich noch nicht eruiert.

Der lächelnde Manager – wäre das nicht ein Thema? Wäre das nicht die unbedingt notwendige Ergänzung jener vielen Führungsanleitungen, die schon heute die Buchhandlungen füllen? »Management by fear« ist so

ungefähr das Dümmste, was in der Chefetage praktiziert werden kann. Es sollte durch »Management by smiling« ersetzt werden. Einer meiner Vorgänger als Chefredakteur war ein berüchtigter Polterer. Als ein Besucher fragte, welches das Chefzimmer sei, erfuhr er: »Wo Sie Schreien hören, da gehen Sie hinein!«

»Management by smiling« ist schwierig. Ich gebe zu, dass einem von Zeit zu Zeit die Galle hochgehen kann. Sie darf es auch. In einer Fibel des »Management by smiling« müsste allerdings zu lesen sein, dass dem möglichen Ausbruch unverzüglich eine Periode der Sanftmut zu folgen habe. Ein Chef, der »nachträgt«, ist keiner. Oderint, dum metuant? Eine skurrile Weisheit, eine abstruse Forderung. Außerdem ist sie falsch. Furcht und Hass sind Milchgeschwister. Ein Manager, der das eine zugunsten des anderen in Kauf nimmt, ist nicht nur für diesen, sondern für jeden Beruf ungeeignet.

»Management by smiling« hingegen ist keineswegs ein Widerspruch zu Seriosität und Ernsthaftigkeit. Wer lächelt, gewinnt Herzen. Nichts ist so verfehlt wie die Annahme, dass Führungspersönlichkeiten, die gerne lachen, nicht ernst genommen werden. Nichts ist so falsch wie der Glaube, die düstere Atmosphäre von Konferenzen spreche für schnelle Resultate, weil gelegentliche Scherze ja doch Zeit rauben und zudem dem notwendigen Ernst abträglich sind. Das genaue Gegenteil ist der Fall.

Manager sollen, sie müssen sogar lächeln. Genauso, wie sie begreifen müssen, dass es Gewinn bringender ist, zu loben als zu schelten. Es ist eine Binsenweisheit, dass Anerkennung, die auch ausgedrückt wird, weitaus fruchtbringender ist als die Annahme, dass gute Arbeit selbstverständlich sei und nicht erwähnt zu werden braucht, während schlechte gerügt werden muss. Es wird bei uns, doch auch anderswo noch immer viel zu viel gescholten und zu wenig gelobt. Sich das Lächeln zu verbeißen, hat eine fatale verbale Ähnlichkeit mit Verbissenheit.

Es gibt indes auch Manager, die das Rezept des »Management by smiling« zu weit treiben. Sie lächeln selbst dann, wenn sie eine Kündigung aussprechen. Das Lächeln wird dann ein verzerrtes. Der Betroffene fühlt sich verspottet, ohne es zu sein. Er weiß nicht, dass dieses Lächeln eines der Unsicherheit, ja möglicherweise sogar der Bosheit ist, das imaginäre Zähnefletschen. Man kann sich dagegen nur wehren, indem man dem Boshaften, Aggressiven, verzerrt Lächelnden seinerseits ins Gesicht lacht. Dazu gehört aber nicht nur Mut, sondern auch Selbstüberwindung.

Es gibt freilich auch ein Managerlachen der illegalen Sicherheit. Der Pleitier, der sich mit Millionenbeträgen absetzt, lacht sich ins Fäustchen. Wir finden es in vielerlei Gestalt, dieses »Management by smiling«.

Zahnpastapolitik

Klima, Schröder, Blair – samt Risiken und unerwünschten Nebenwirkungen

Viktor Klima hat ganz gewiss kein falsches Gebiss. Als Bundeskanzler der Republik Österreich hätte er es sich auch gar nicht leisten können, die Kunst heimischer Zahnprothesen-Hersteller – und noch weniger die der ungarischen – zu demonstrieren und unter Umständen Gefahr zu laufen, dass ihm bei einer feurigen Rede der Ersatz aus dem Mund gleite. Die Fähigkeit zum rhetorischen Feuer soll hier außer Betracht bleiben. Wohl aber darf angemerkt werden, dass ein Journalist den Regierungschef einmal als »Blendamedkanzler« apostrophierte. Er meinte die strahlend weißen Zähne Klimas.

Viktor Klima ist Politiker, sein Geschäft ist nicht der Verkauf von Mitteln, deren Benützung blendend weiße Zähne zur Folge habe, sondern der Verkauf von Politik. (Achtung vor Risiken und unerwünschten Nebenwirkungen!) Er konnte die Politik umso besser verkaufen, je öfter er diese seine weißen Zähne zeigt, und das weiß er. Er lacht viel, vor allem vor den Kameras und besonders auch dann, wenn er sich, weil man es von ihm erwartet, in jener Gesellschaft zeigt, von der man nicht annimmt, dass sie sich für Politik interessiert.

Auch Gerhard Schröder lacht gerne. Er gilt deswegen auch als besonders telegen; Schröder hat ja die letzten Wahlen nicht zuletzt deswegen gewonnen, weil er dem angeblich bereits versteinerten Helmut Kohl die optischen Eigenschaften eines vermeintlich jugendlichen Helden entgegensetzen konnte, der die Politik scherzend zu meistern verstehe.

Dabei lachte auch Kohl häufig und gerne. Diese beiden Spitzenpolitiker scheinen ein Beweis dafür zu sein, dass Politikerlachen auch »von innen« kommen kann, und dass man durchaus in der Lage ist, wenn schon nicht selbst zu scherzen, dann doch über einen Witz in Gelächter auszubrechen – der ehemalige Langzeitkanzler Kohl könnte eine Unzahl von Fotos als Beweis dafür vorweisen.

Bleiben wir bei Deutschland. Mag sein, dass ich mich täusche, aber ich kann mich nicht erinnern, dass Konrad Adenauer herzlich hätte lachen können; zumindest habe ich kein diesbezügliches Foto von ihm gesehen. Wohl aber weiß ich, dass Helmut Schmidt bestenfalls ein Lächeln über die Lippen brachte und das schien gekünstelt und »aufgesetzt«. Aber in Hamburg und Umgebung ist das Lachen, scheint mir, nicht Männersache und Otto Waalkes, der Filmblödler, dürfte diesbezüglich eine Ausnahme sein.

Dritter im Bunde der lächelnden Sozialdemokraten ist Tony Blair. Er hat zudem noch den Vorteil, beweisen zu können, dass Lächeln und gar Lachen verjüngen oder zumindest jünger aussehen lassen. Sogar die Fältchen, die man aus Altersgründen hat, wirken dann als Konsequenz permanenter guter Laune und nicht als Furchen politischer Strapazen. Lachen kann zudem täuschen: Es wirkt vertrauenswürdig, wer lacht, kann kein böser Mensch sein – über Beispiele, die den Gegenbeweis liefern, werde ich weiter unten berichten.

Noch einmal: Lachen kann Wahlen gewinnen, Lächeln wirkt einschmeichelnd und passt dann auch zu allenfalls gefärbten Haaren – notabene eine Mode, die sich bei Politikern immer häufiger durchsetzt. Nicht die Frage, ob man von einem dieser offenbar leutseligen Herren einen gebrauchten Wagen kaufen würde, ist zu stellen, sondern vielmehr, ob man einen von ihnen als Schwiegersohn haben möchte. Sie demonstrieren frohe Herzen. Man kann ja als Wähler jemandem nicht böse sein, der, wie Shakespeare im »Julius Caesar« über Cassius schrieb, nicht einen »hohlen Blick« hat – im Original klingt es noch viel eindrucksvoller, da heißt es nämlich »lean and hollow look« –, sondern der einem Showmaster ähnlicher ist als einem Menschen, dem das Wohl des Staates anvertraut werden soll.

Showmaster lächeln. Politik ist Show, sie wird es immer mehr. Die Amerikaner sind schon vor weit mehr als hundert Jahren darauf gekommen, in Europa hat es sich auch bereits vor Jahrzehnten eingebürgert. Die Zeiten, da ein Winston Churchill seinen Mitbürgern nichts als Blut, Schweiß und Tränen versprechen konnte, sind längst vorbei – und Churchill ist ja, nachdem er den Krieg gewonnen hatte, ebenso abgewählt worden wie 1998 der »Einheitskanzler« Helmut Kohl. Noch einmal: Politische Botschaften haben irgendwie doch auch mit »Infotainment« zu tun, dieser skurrilen Mischung von Information und Entertainment, mit der jetzt alle Fernsehsender der Welt ihre Nachrichten versetzen. Denn man soll sich auch noch unterhalten und am Ende auch lächeln dürfen, »wenn hinten weit in der Türkei die Völker aufeinander schlagen«.

Politiker sind, wenn sie erfolgreich sein wollen, die lachenden Master dieser Show. Gewiss, 1945 hat man nicht viel zu lachen gehabt. Ich kann mich auch nicht erinnern, dass es damals lachende Politiker gegeben hätte. Vielleicht haben sie sich gut unterhalten, wenn sie unter sich waren. In der Öffentlichkeit waren sie ernst.

Stimmt das wirklich? Leopold Figl, österreichischer Bundeskanzler der »heroischen« Zeit des ersten Wiederaufbaus nach dem Krieg, ist trotz erschütternder KZ-

Erlebnisse ein herzlicher Mensch geblieben, der gerne lachte.

Alfons Gorbach, einer der Nachfolger Figls als Bundeskanzler, hatte gleichfalls die Schrecken eines Konzentrationslagers erlebt und überlebt. Das hat ihm seinen Humor nicht genommen. Er war später weniger durch seine politischen Erfolge als dadurch bekannt, dass er im Freundeskreis und nicht nur dort stets sein berühmt berüchtigtes schwarzes Notizbuch aus der Tasche zog, wenn die Stimmung seiner Meinung nach nicht heiter genug war. Das kleine schwarze Gorbach-Buch enthielt zum Unterschied vom kleinen roten Mao-Buch nichts als Witze. Immer dann, wenn eine Sitzung zu ernst wurde oder eine politische Versammlung zu seriös, und auch immer dann, wenn ein Freundeskreis ihn dazu aufforderte, begann Gorbach mit dem Zitieren und Rezitieren aus seinem Witzreservoir, das seine Zuhörer jeweils zu Lachstürmen hinriss. Ich selbst konnte ihn einmal so erleben. Er war damals freilich nicht mehr Regierungschef und vielleicht deshalb umso gelöster. Des Lachens war in dieser Runde kein Ende.

Doch zurück zu Leopold Figl. Er war, wie gesagt, ein überaus herzlicher Mensch, sein begeisterter Ausruf »Österreich ist frei!« nach der Unterzeichnung des Staatsvertrags 1955 ist Geschichte geworden und lässt sich nur mit Edi Fingers, des Radio-Sportreporters, begeistertem Jubelschrei »Tor, Tor, Tor!« vergleichen, ausgestoßen nach dem 3:2-Sieg der österreichischen Fußballmannschaft über Deutschland bei den Weltmeisterschaften in Argentinien.

Figl hat gern und häufig gelacht, aber noch häufiger lachten die Leute über ihn. Zumal die Kinobesucher, die immer dann, wenn man den Bundeskanzler in der Wochenschau sah, die es damals noch gab, in Gelächter ausbrachen. Es war allerdings kein Auslachen, es war nichts Demütigendes darin zu finden. Es war so etwas wie ein zufriedenes, fast liebevoll zu nennendes Lachen. Als Leopold Figl dann Jahre später begraben wurde, gab es im dichten Spalier immer wieder Tränen. Und als nicht minder liebevollen Scherz fragte man damals – es gab in Österreich gerade sehr viel Regen –, warum es im Lande so nass sei. Antwort: Der Figl – er war als Liebhaber des guten Weins bekannt – kann im Himmel kein Wasser sehen. Mir ist damals, und ich habe es dann auch immer wieder geschrieben, vor allem aufgefallen, dass man wie selbstverständlich annahm, Leopold Figl sei jetzt im Himmel.

Darf man über Politiker lachen? Man darf. Politische Witze handeln zumeist, wenn auch nicht immer, von

Politikern – aber dieses Thema gehört nicht hierher. Die Politiker selbst – sie dürfen nicht nur, sie sollen, ja sie müssen sogar lachen. Ein Wahlkampf mit bitterernsten Akteuren ist keiner. Besser gesagt, er ist dann ein Kampf, nichts anderes. Und jeder Wahlkampfmanager reagiert gereizt, wenn man behauptet, sein Team sei in einen Kampf verwickelt. Das darf nicht sein, genauso wie es politische Gegner und nicht Feinde gibt, oder jedenfalls geben sollte. Einen verbalen Gegenbeweis hat da der oft zitierte einstige Bundeskanzler Bruno Kreisky geliefert. In einem Gespräch, das sich um einen meiner Leitartikel drehte, sagte er: »Sie werden immer mehr zum Feind!« Das störte ihn aber nicht, mir zu einem Anlass, der mir nicht mehr in Erinnerung ist, ein Foto zu schicken, das ihn und mich im Gespräch zeigt. Die handschriftliche Widmung: »In freundschaftlicher Verbundenheit – trotz Klüften der politischen Zielvorstellungen. Herzlichst Bruno Kreisky«

Der Bundeskanzler zeigte auf dem Bild jenes leise, fast unmerkliche, ironische Lächeln, mit dem er auch in den Fernseh-Pressestunden seine Gesprächspartner enervieren konnte, weil er immer dann, wenn er es aufsetzte, offenbar zeigte, dass er diese nicht ernst nahm – oder jedenfalls nicht ernst nehmen wollte. Kunststück: Kreisky war ja auch einer der Väter des schon erwähnten Infotainments. Seine Pressekonferenzen sind immer wieder von Gelächter unterbrochen worden. Nicht etwa, weil man über ihn gelacht hätte – keineswegs. Aber er scherzte zwischendurch, selbst wenn er die seriösesten und ernstesten Informationen liefern wollte. Er verstand es, Information und Unterhaltung oder auch Ernst und Heiterkeit streng zu trennen und doch auch wieder zu vermengen. Ich kann mich an ein Abendessen in der Residenz des amerikanischen Botschafters erinnern, wo ich am Tisch des

Bundeskanzlers sitzen durfte. Er begann von einem TV-Film zu erzählen, den er am Vorabend gesehen hatte. Denn Kreisky hat es immer verstanden, das Entertainment auch persönlich zu nehmen. Zum Unterschied von den meisten anderen Politikern nahm er sich von Zeit zu Zeit Muße. Er war sogar stolz darauf, dass er sich solches leisten konnte, und hat mir einmal erzählt, wie oft er am Abend, statt in Versammlungen zu gehen oder sich zu Propagandazwecken ins gesellschaftliche Leben zu stürzen, ein Buch zur Hand nehme.

Doch weiter: Mitten in seiner Erzählung vernahm Kreisky, dass er gebeten wurde, einige Worte zu sprechen. Er unterbrach die Filmstory mitten im Satz, stand auf und hielt eine kurze Dankansprache, die auf die Worte des Botschafters einging und durchaus politischen Inhalt hatte. Nach dem Applaus setzte er sich und fuhr in seiner Erzählung des Films fort – und mehr als das: Er sprach den Satz weiter, den er vorher abgebrochen hatte. Was bei Kreisky insofern außergewöhnlich war, als er im Allgemeinen Sätze nicht gerne vollendete, sondern sie gewissermaßen versickern ließ.

Infotainment heißt eben Information plus Lachen. Es gibt viele Politiker, die das Lachen vor die Information setzen, optisch zumindest und dann, wenn sie fotografiert oder gefilmt werden, wie Klima, Schröder und Blair. Klassiker in dieser Hinsicht ist freilich Bill Clinton, der amerikanische Präsident. Sein Lachen findet gleichsam im ganzen Gesicht statt, das sich in Falten legt und den Blick von der alle Karikaturisten begeisternden Nase auf den klaffenden Mund lenkt. Clinton lacht bei fast allen Pressekonferenzen, und er steckt damit auch seine jeweiligen Konferenzpartner an. »Lucky, lucky man« hieß es auf dem Cover des britischen Magazins »Economist« unter einem Foto des herzlich lachenden US-Präsidenten. Im

Inneren des Blattes wurde über das für die Republikaner so schlechte Ergebnis der »Midterm Elections« berichtet, der Wahlen in der Mitte der Amtszeit der Administration. Das »lucky« bezog sich auf die Tatsache, dass die Wähler offenbar das Privatleben ihres Präsidenten von der Erfüllung seiner Amtspflichten wohl zu unterscheiden gewusst hatten. Auch sie haben die Medien als Infotainment konsumiert, aber andererseits Information und Unterhaltung offenbar doch getrennt, sobald es um politische Entscheidungen ging. Clinton hat sich indessen tatsächlich als »lucky, lucky man« erwiesen. Er hat in jeder Hinsicht Glück gehabt, jene »Fortune«, von der ein Monarch sagte, dass man ohne sie im öffentlichen Leben nicht reüssieren könnte.

Unter den österreichischen Regierungschefs seit 1945 hat es eigentlich nicht sehr viele Lacher gegeben. Julius Raab hatte einen überaus trockenen Humor, ich kann mich aber nicht erinnern, ihn jemals herzlich lachen gesehen zu haben. Ein gelegentliches Lächeln war so gut wie alles. Dabei konnte er durchaus witzig sein. Einer meiner Redaktionskollegen eilte einmal die Stiegen zum Rathauskeller hinunter, als Raab ums Eck kam. Der Kollege stieß mit dem Bundeskanzler zusammen, »rempelte« ihn unabsichtlich an und stammelte entschuldigende Worte, als er sah, wen er beinahe umgestoßen hätte. »Na, na, junger Mann!«, sagte Raab, der gar nicht ungehalten war. »Wollen S' mi stürzen?« Er wurde es später, aber, wie es in der ÖVP Brauch ist, von seiner eigenen Partei.

Ein vergnügter Lacher ist während seiner relativ kurzen Amtszeit als Bundeskanzler Fred Sinowatz gewesen. Der Höhepunkt seiner diesbezüglichen Lust zum Infotainment war ein Treffen in der Stadthalle, als er sich dazu hinreißen ließ, mit Zylinder und Stöckchen vor aller Augen einen Cancan zu tanzen. Er sei allerdings, sagte er mir viel später einmal, von der Showmasterin dazu überredet worden, sie habe ihn, der anfangs widerwillig war, einfach auf die Bühne gezogen. Die Fotos von diesem Auftritt erschienen in fast allen Zeitungen. Ob ihm das bei der so genannten Basis genützt hat, weiß ich nicht. Aber er hat jedenfalls gezeigt, dass er für jeden Spaß zu haben war, wenn er meinte, dass es seiner Partei zum Guten gereiche.

Ich habe mich immer gefragt, ob, um bei der österreichischen Geschichte zu bleiben, Kaiser Franz Josef jemals gelacht hat, außer in den Sissi-Filmen – und bei Katharina Schratt, seiner Freundin. Ich kenne kein Bild, auch kein Foto, das den Kaiser lachend oder auch nur lächelnd zeigt. Sein deutscher Widerpart, Kaiser Wilhelm II, dagegen ist, wiewohl Preuße und mit Leib und Seele Hohenzollern-Spross, durchaus humorvoll und auch lachbereit gewesen, wenn man der einschlägigen Literatur glauben darf.

Lachen hat, das kann nicht oft genug festgestellt werden, auch mit Herzensgüte zu tun. Auch, nicht unbedingt. In Dokumentarfilmen wird immer wieder der buchstäbliche Freudentanz mit Schenkelklopfen gezeigt, den Adolf Hitler aufführte, als die deutsche Delegation am 22. Juni 1940 im Wald von Compiègne vor dem berühmten Eisenbahnwaggon, in dem 1918 die deutsche Kapitulation unterzeichnet worden war, auf die Franzosen wartete. Was war das? Gibt es auch ein Lachen der Rache, ein Lachen aus Rache? Ein Lachen der Bösewichte?

Natürlich gibt es das. Man muss nur bei Shakespeares »Richard III.« nachlesen. Oder bei »Hamlet«. »Dass einer lächeln kann und immer lächeln und doch ein Schurke sein«, sagt der Dänenprinz. Dass einer lächeln kann und immer lächeln und doch ein Schurke sein. Mehr als das:

ein Massenmörder. Josef Stalin ist einer gewesen – und er hat viel und gerne gelächelt. Nicht nur während und nach der Potsdamer Gipfelkonferenz, wo es ihm gelungen war, die Teilung Europas festzuschreiben, für ewig, wie er offenbar glaubte, worauf ihn das Lachen ankam. Stalin hat gelächelt, wenn er mit Kindern sprach, wenn er ausländische Besucher traf, er hat vielleicht auch gelächelt, wenn er Todesurteile unterschrieb. Und Hitler hat gleichfalls mit einem Lächeln auf den Lippen seine Schäferhündin Blondi gestreichelt, während in Auschwitz die Kamine rauchten.

Auch Bösewichte können lachen. Man braucht, wie gesagt, nur einen Ausflug in die Geschichte zu machen.

Till Eulenspiegel ist überall
Von Narren, Clowns und anderen »lachhaften« Personen

Der Clown. Lachende Erinnerung an die unbeschwerte Kinderzeit. Freilich nicht nur an den Zirkus. Ich habe mit Begeisterung – ich las immer mit Begeisterung – die Geschichte von Till Eulenspiegel gelesen, und als ich noch nicht lesen konnte, wurde sie mir vorgelesen. Für mich ist auch dieser Till so etwas wie ein Clown gewesen. Welcher Streich mir am besten gefiel? Ich weiß es noch heute. Es war eigentlich kein Streich. Es ist – aber davon wusste ich damals als Kind noch nichts – eine Erzählung von tiefer psychologischer Wahrheit gewesen. Es war die Geschichte von der Wallfahrt, die Till Eulenspiegel mit einer Gruppe von Leute unternahm, die immer dann ächzten und stöhnten, wenn es bergauf ging und munter sangen, wenn der Weg bergab führte. Till Eulenspiegel aber tat das genaue Gegenteil. Er sprang hurtig die Bergstrecke hinauf und begann zu jammern, wenn sich der Weg zu senken begann. Man fragte ihn, ob er verrückt sei. Nein, sagte Till. Er fürchte sich nur davor, dass es nach dem Bergab wieder ein Bergauf gäbe, und er freue sich, dass nach dem Bergauf wieder das Bergab komme.

Närrisch? Oder ein tiefer Einblick in die menschliche Psyche? Ich denke noch immer an eine andere Grundwahrheit, die in diesem Buch zu lesen war: Ein Narr kann mehr fragen, als zehn Weise beantworten können. Wobei das »mehr» durchaus auch anders interpretiert werden kann. Ein Narr kann mehr wissen wollen, als zehn Weise beantworten können.

Ich habe das zerlesene Buch vom Till Eulenspiegel noch heute. Meine eigenen Kinder haben es offenbar nicht sehr geschätzt. Dafür schätzten sie die Clowns im Zirkus umso mehr. Wieder Erinnerung. Es gab vor vielen Jahren in der Zirkusgasse in Wien – sie heißt noch immer so – das Gebäude, in dem der Zirkus Renz untergebracht war. Es war ein fixes Haus mit Galerien und einer großen Manege. Wenn wir am Sonntag in die Nachmittagsvorstellung geführt wurden, war dies für mich ein Weltereignis. Am liebsten hatte ich originellerweise den so genannten weißen Clown. Jenen, der mit einer spitzen Mütze und weiß geschminktem Gesicht der »Gescheite« war. Er versuchte stets vergeblich, dem Dummen etwas beizubringen. Diesem, dem Tolpatsch, misslang alles, und man lachte. Mir tat er immer Leid. Ich habe mich, scheint es, mit dem »Weißen« identifiziert. Am meisten dann, wenn dieser eine kleine Violine hervorzog und darauf zu spielen begann. Ich habe selbst Geige spielen gelernt. Damals. Für mich durfte demnach nur der »Weiße«, nicht der »Dumme« darauf spielen, auch wenn der Dumme, über den die anderen Kinder doch so gelacht hatten, es dann genauso gut zusammenbrachte wie der Weiße. Interessant, dass ich mich daran so genau erinnere!

Der Clown. Die Kinder haben sehr gelacht. Man sollte dem Dictum entsprechend den Satz mit versuchtem ungarischem Akzent sprechen. »Kindär haben sär gelocht.« Allein, nicht nur die Kinder sind Adressaten. Der Clown, der Narr: Seit die engagierten und enragierten Tierschützer erreicht haben, dass es kaum mehr Tiernummern im Zirkus gibt, hat er eine Hauptlast des Programms in der Manege zu tragen. Mein Gott: Wie schön (Bemerkung am Rande) sind die Augenblicke gewesen, da ein Tiger durch einen Flammenring sprang, da die Elefanten

Ringelreihen tanzten und der Kleinste und Jüngste hinter der Mutter – oder war es der Vater? – einhertrottete. Wie aufregend ist es gewesen, als emsige Arbeiter einen Riesenkäfig aufbauten und grollende und zeitweilig sogar brüllende Löwen in denselben getrieben wurden. Aus, alles aus.

Zurück zum Spaßmacher. Zurück zu jenen Figuren, ohne die das Theater von seinen Ursprüngen an nicht auskommt und die schon etwa bei Plautus, natürlich auch in der Commedia dell'Arte auftreten. In unseren Breiten, genauer: in Wien, ist die komische Figur vor allem mit dem Namen Stranitzky verbunden, einem Vorläufer des Kasperl. Mir fällt aber in diesem Zusammenhang vor allem Shakespeare ein. Schlag wieder einmal nach bei ihm! Ich habe es getan, und einiges davon

möchte ich Ihnen nicht vorenthalten. Keine Angst: Es sind nur Kostproben, wobei man nicht vergessen darf, dass auch die deutsche Übersetzung des Originals, die von August Wilhelm Schlegel, aus der Wende vom 18. zum 19. Jahrhundert stammt.

Zuallererst fällt auf, dass dieser Schlegel die Person des Spaßmachers (der eigentlich keiner ist, weil er in verklausulierter Form durchaus ernst und zuweilen auch klug daherredet) – dass dieser Schlegel also immer vom »Narren« schreibt, während Shakespeare im Urtext entweder »Fool« oder »Clown« sagt. Da haben wir ihn wieder, den Clown. Offenbar aber in jener anderen Bedeutung, die ihn auch als Totengräber, und wieder bei Shakespeare, auftreten lässt. Ursprünglich bedeutete das englische Wort »Clown« »Tölpel« oder »Rüpel«. Im Lexikon steht: »Die lustige Person der englischen Bühne kam Anfang des 16. Jahrhunderts auf, erschien auch in der Tragödie, bis er als Spaßmacher in die Pantomime und von dort in den Zirkus verwiesen wurde, wo er auch als Akrobat oder Musikant auftritt.«

In der Tragödie? Stimmt. Eine der berühmtesten Narrengestalten tritt im »König Lear« auf, einem Stück, das doch wohl als Tragödie zu bezeichnen ist, und er spielt dort fast eine der Hauptrollen. Hier heißt er »Fool« und er regt immer wieder zum Nachdenken an. Etwa, wenn sich seine Äußerungen verklausuliert am Rande der Politik bewegen. Er spricht zwar von Lears Töchtern, aber man kann das, was er sagt, doch durchaus auf das öffentliche Leben selbst im 20. Jahrhundert anwenden: »Mich wundert, wie du mit deinen Töchtern verwandt sein magst; sie wollen mich peitschen lassen, wenn ich die Wahrheit sage; du willst mich peitschen lassen, wenn ich lüge, und zuweilen werde ich gepeitscht, weil ich's Maul halte. Lieber wollt ich alles in der Welt sein als ein Narr.«

Natürlich versteht es sich von selbst, dass ein Narr vor allem in den Shakespeare'schen Komödien vorkommt. In »Was ihr wollt« heißt er folgerichtig »Clown« und gibt einem Kammermädchen einen guten Rat: »Gut gehängt ist besser als schlecht verheiratet.« Ein paar Akte später meldet er dann in weiser Voraussicht dessen, was auch nach Jahrhunderten noch wahr ist: »Aufrichtig, Herr, je mehr Feinde, desto besser; je mehr Freunde, desto schlimmer.« Und als sein Gesprächspartner sich verwirrt zeigt, erläutert der »Fool«, der so foolish nicht ist: »Ei, Herr, Sie loben mich und machen einen Esel aus mir; meine Feinde hingegen sagen mir gradeheraus, dass ich ein Esel bin: Also nehme ich durch meine Feinde in der Selbsterkenntnis zu und durch meine Freunde werde ich hintergangen.« Es erübrigt sich hinzuzufügen, dass jede Ähnlichkeit mit lebenden Personen unbeabsichtigt und rein zufällig ist. So wie eine keineswegs närrische Bemerkung im letzten Akt: »Einige werden hoch geboren, einige erwerben Hoheit, und einigen wird sie zugeworfen.« Und natürlich gefällt mir immer wieder der Auftritt der Handwerker im »Sommernachtstraum«, die diesmal tatsächlich als Narren agieren, während sie ein Amateurtheaterstück proben. »Lasst mich den Löwen auch spielen«, sagt einer von ihnen. Heute würde man von Ämterkumulierung sprechen.

Berühmt war die Schrift »Lob der Torheit« des Erasmus, 1511 erschienen und laut Berger »wahrscheinlich die erste positive Darstellung des Närrischen in der europäischen Literatur (wenn Erasmus, wie oben erwähnt, immer wieder betonte, das Buch sei nicht ernst gemeint, sollte man ihm das nicht glauben)«. Das »Narren Schyff« des Sebastian Brant andererseits, 1494 erschienen, hat »im Anschluss an eine lange kirchliche Tradition die Narrheit als sündhaft gesehen und verdammt«.

Sicher ist jedenfalls, dass der Narr »transkulturell bedeutsam« gewesen ist. Das gilt auch für den Clown.

Der Narr. Der Clown. Und immer wieder: Lachen ist gesund. Wer nicht lachen kann, lebt nicht, ist zumindest halb gestorben, ist nicht lebensfähig. Wenn in einer Fußgängerzone Spaßmacher oder Pantomimen auftreten, lachen die Umstehenden. Man hat bisweilen das Gefühl, dass sie nur darauf gewartet haben, einen Anlass zum Lachen zu finden. Sie lachen und klatschen und gehen dann weiter und eine Zeit lang lächeln sie dann in sich hinein, bevor sie sich wieder dem zuwenden, was nicht ohne Grund und auch buchstäblich verstanden der »Ernst des Lebens« genannt wird. Es ist ja ernst, dieses Leben, und heiter ist, wie man sagt, die Kunst. Auch Clowns sind Künstler – wer will das leugnen?

Hat Jesus gelacht?
Der Menschensohn und das Menschliche

Hat der Erlöser, hat Jesus gelacht? »Eine gute Frage«, sagte mir einer meiner Gesprächspartner aus dem geistlichen Stand. Eine gute Frage in der Tat. Der Befragte war überrascht. Er hatte sich mit ihr offenbar noch nie befasst, die Antwort hatte ihm demnach auch keinerlei Kopfzerbrechen verursacht. Die Kirche hat ja heutzutage auch wirklich andere Sorgen, als sich um eventuelle Heiterkeitsausbrüche des Gottessohns zu kümmern.

Ich kann mir nicht vorstellen, dass Jesus nicht gelacht habe. Ab und zu, aus Freude vielleicht, etwa dann, wenn er bei der Speisung der Fünftausend die zufriedenen Gesichter der Essenden sah. Oder damals in Kanaa, als der Bräutigam überrascht vor den Krügen mit köstlichem Wein stand, wo ihm doch der Kellermeister zugeraunt hatte, dass es überhaupt keinen mehr gäbe. »Sie haben keinen Wein mehr«, hatte Maria geflüstert. Und dann plötzlich war doch einer da, reichlich und gut. Und der Kellermeister war außer sich vor Freude, nicht ohne sich darüber zu wundern, dass nicht wie üblich – und auch heute nicht ganz ungebräuchlich – zuerst der gute und dann, wenn die Gäste illuminiert waren, der saure ausgeschenkt würde, sofern es im Heiligen Land überhaupt sauren Wein gibt.

Von einer allfälligen Heiterkeit Jesu ist im Evangelium nicht einmal bei dieser Gelegenheit die Rede. Hat er wirklich nie gelacht? Es gäbe das »Argumentum e silentio«, sagte mein Gesprächspartner. Was nicht eigens aufgezeichnet ist, kann dennoch passiert sein. Und Jesus war doch ein Mensch. Ich bitte um Verzeihung für diesen kurzen Exkurs in die Theologie: Da der Gottessohn auch

Menschensohn war, muss er doch wohl dieselben Regungen und Emotionen gezeigt haben wie die anderen Menschen, wie wir alle. Und doch: »Argumentum e silentio« hin oder her – warum fällt es schwer, sich einen lächelnden oder gar lachenden Heiland vorzustellen? Vielleicht deshalb, weil wir kein Bild kennen, das ihn anders als mit ernster Miene zeigt? Vielleicht deswegen, weil ein lachender Jesus nicht unserer Phantasie entspricht? Dabei hat er, meinte der erwähnte Gesprächspartner, etliche Gleichnisse erzählt, die man auch durchaus ironisch hätte auslegen können, vielleicht sogar zur Heiterkeit anregend. Die Jungfrauen, die ihre Lampen nicht anzünden, weshalb sie ihren Herrn nicht entsprechend begrüßen können, der Mann, der einen Schatz vergräbt und dann wieder ausbuddelt – das muss nicht unbedingt bitterernst verstanden werden.

Dann kommt freilich auch noch ein anderes Argument dazu: Jesus hat oft geweint. Genau wird es an verschiedenen Stellen im Evangelium beschrieben. Wenn einer aber weint, kann er auch lachen; selten vielleicht, aber doch. Nur: Warum hat dann Lukas von einem tatsächlich bitterernsten Christuswort erzählt, das geeignet ist, uns den kalten Schauer über den Rücken laufen zu lassen, wenn es nicht symbolisch gemeint wäre? »Selig, die ihr jetzt weint; denn ihr werdet lachen. Wehe euch, die ihr jetzt lacht; denn ihr werdet trauern und weinen.« Was soll das sein? Eine Verdammung des Lustigseins, des Lachens?

Grübeln wir darüber nicht nach. Es zahlt sich nicht aus, da wir ja in einer Zeit leben, in der das Thema »Lachen und Religion« sogar schon in der Werbung abgehandelt wird, von einschlägigen Karikaturen, die immer wieder Pfaffen mit gerafften Talaren zeigen, ganz zu schweigen. Lachen und Religion: Denken wir lieber an die Unbefangenheit der Ministrantinnen und Ministranten, die sich mitunter das Kichern nicht verbeißen können. Ich war vor vielen Jahren selbst einmal Altardiener und erinnere mich genau, wie an einem hohen Feiertag – damals ist die Messe noch nach dem alten tridentinischen Ritus gefeiert worden und natürlich gab es auch noch keine Mädchen am Altar – wir Buben in langer Reihe, den Rücken zum Volk, an den Altarstufen aufgestellt waren. Einer flüsterte etwas unserer Meinung nach Witziges, und etliche von uns begannen zu lachen – mitten in der heiligen Handlung! Eine der gläubigen Damen, in der ersten Bankreihe sitzend, war außer sich vor Zorn, eilte zum Kommuniongitter und versetzte jedem, den sie erreichen konnte, einen Hieb mit dem Regenschirm. Ich habe mir nicht den Kopf darüber zerbrochen, ob sie dem Lieben Gott mehr Wohlgefallen bereitet hat als wir, die wir den Lukasvers nicht ernst genommen haben.

Aber vielleicht hatte sie sich unbewusst an Wissen und Gebräuche des alten Mönchtums gehalten, von dem ein »einerseits – andererseits« berichtet wird. Einerseits hieß es, der Mensch sei ein »Gelastikón Zôon«, ein Lebewesen, »zu dessen wesentlichen Merkmalen« das Lachen gehört. Man dürfe dem Menschen »von allem, was ihm von der Natur geschenkt ist, nichts mit Gewalt nehmen«. Der frühchristliche Schriftsteller Klemens von Alexandrien hat dies geschrieben. Aber man dürfe nicht immerfort lachen: »Auch das Pferd, dessen Kennzeichen das Wiehern ist, wiehert nicht immerfort.« Dass man auch heute noch von »wieherndem Lachen« spricht, mag, muss aber nicht, mit dieser Klemens-Meinung zusammenhängen. Wohl aber könnte man fragen, ob nicht etliche seiner »Lachvorschriften« nicht in leicht abgeänderter Form auch heute gelten sollten. Aber leider nicht immer gelten; man muss da nur der akustischen Umweltverschmutzung, etwa von angeheiterten Reisegruppen nachspüren.

»Für alles muss man das richtige Maß und die richtige Zeit bestimmen. Wenn das Lachen in der richtigen Weise sich äußert, zeigt es feinen Anstand; wenn es aber nicht so vor sich geht, ist es ein Beweis von Zuchtlosigkeit.«

Man kann diesem Klemens übrigens ein gewisses politisches Know-how nicht absprechen: »Wir müssen die Possenreißer aus unserem Staat verbannen«, schrieb er. Das andere Extrem sei freilich übertriebener, finsterer Ernst, der auch den harmlosen Scherz nicht ertragen könne. Am besten sei das Lächeln: »Das ist das Lachen der Verständigen.« Es bestehe darin, dass »man die Spannung des Gesichtes wie die eines Instrumentes zur harmonischen Stimmung ein wenig nachlässt«, worauf sich Erheiterung über das Gesicht ausbreite. Auf die Toleranz folgt freilich sofort die Einschränkung: »Aber auch das Lächeln muss in Zucht gehalten werden.« Possen und Zoten gegenüber sei kein Lächeln am Platz, eher ein Erröten, »damit wir nicht den Schein erwecken, dass wir die gleiche Gesinnung haben und uns deshalb auch daran freuen«.

Mehr als hundert Jahre später hat Basilius der Große, der das Mönchtum aus eigener Anschauung kannte, sich gleichfalls mit dem Lachen befasst, war aber offensichtlich sehr intolerant, hat asketische Grundsätze vertreten und, wie es sich für einen Kirchenlehrer gehört, theologische Begründungen für den notwendigen Ernst der Gläubigen hervorgebracht. Zwar sei Lachen und jedenfalls Lächeln theoretisch erlaubt, aber (und nun folgt eine in ihrer Raison interessante Begründung des Gegenteils) »was der Herr nicht angenommen und auf sich genommen hat, ist nicht erlöst. Nun aber hat der Herr in der Menschwerdung alles auf sich genommen und angenommen, was erlösungsbedürftig ist, Leib, Seele und Geist, samt den Affekten, die alle der Erlösung bedürfen, sofern sie eine Rolle in Sachen des Heiles und der Heilung spielen. Doch das Lachen hat der Herr nicht angenommen! Deshalb ist es unerlöst; weil für das Heil nicht in Frage kommend.« Welcher Ernst liegt in dieser Feststellung! Notwendig ergibt sich eine theologisch tief begründete Ablehnung des Lachens und auch des Lächelns für diese Zeitlichkeit. Mag das Lachen und Lächeln, rein natürlich gesehen, sofern man das richtige Maß hält, statthaft sein: angesichts der trostlosen Lage, in der das Lachen wegen seiner Unerlöstheit durch Christus sich befindet, ist Lachen für den Mönch nicht mehr am Platz. Basilius hat das Widerspruchsvolle des Lachens in dieser Zeitlichkeit klar aufgedeckt. Das Lachen gehört dem kommenden Äon an. Es gehört zu den künftigen Gütern. Deshalb brauchte es Christus nicht annehmen.

Mit anderen Worten: Das Lachen ist des Teufels, war es zumindest in einer Zeit, da die Menschen, im Besonderen die in den Klöstern lebenden, die Wiederkunft des Herrn erwarteten, die Parusie. Weinen hingegen – das durfte man. Es gezieme dem Mönch nicht zu lachen, sondern er solle »ständig über sich selbst klagen und weinen« – denn »der Anfang der Zerstörung der Seele ist Lachen«. Immer wieder wird in dieser Zeit auf das Beispiel Christi hingewiesen, der nicht gelacht habe. Denn, wie gesagt: Das Lachen ist des Teufels. Der freute sich, wenn Mönche lachten. In einer Überlieferung heißt es: »Vom Abt Panbo erzählt man, dass er niemals in seinem Leben ein Lächeln im Gesichte zeigte. Eines schönen Tages versuchten die Dämonen, ihn zum Lachen zu bringen. Sie banden einen Flügel an ein Holz, trugen es einher, lärmten und riefen ›Auf, auf!‹ Als Panbo das Spektakel sieht, lachte er. Da erhoben die Dämonen ein Freudengeschrei: Panbo aber erwiderte ihnen: ›Ich habe nicht gelacht, ich habe nur eure Ohnmacht verlacht, dass ihr in so großer Zahl den

Flügel einhertraget.‹« Was daran so lächerlich sein soll, weiß ich nicht. Aber auch die Versuchung des Pachomius ringt mir nicht einmal ein Lächeln ab. Um ihn zum Lachen zu bringen, sammelten sich Dämonen in großer Zahl, banden ein Baumblatt an Stricke, zogen, munterten einander auf und taten, als ob ein großer Stein zu schleppen sei. Offenbar war der Begriff des Lächerlichen damals ein ganz anderer als heute. Aber den Lachenden die Tränen als dem Herrn gefällige Alternative anzuraten dürfte sich über die Jahrhunderte erhalten haben. Wie könnte man denn sonst heute noch sagen, man habe Tränen gelacht?

Da lobe ich mir wirklich das Alte Testament. Da werden Geschichten erzählt. Da treten Menschen auf, die lieben und hassen, die weinen und lachen, lachen dürfen ohne Rücksicht auf Ehrfurcht. Manchmal reute sie freilich das Lachen, so etwa, als der Herr mit zwei Begleitern zum Feld des Abraham kam.

»Wo ist denn Sara, dein Weib?« Er sprach: »Hier im Zelt!« Da sprach Er: »Ich kehre zu dir nach Ablauf von neun Monaten zurück; da hat dein Weib Sara einen Sohn.« Sara aber horchte am Zelteingang hinter ihm. Abraham aber und Sara waren alt und hochbetagt, und Sara erging es nicht mehr nach Weiberart. So lachte Sara in sich hinein, indem sie dachte: »Welk geworden, sollte ich noch der Liebe pflegen? Mein Herr ist gleichfalls alt.« Darauf sprach der Herr zu Abraham: »Warum lacht Sara und denkt dabei: Soll ich wahrhaftig ein Kind bekommen, nachdem ich alt geworden? Ist für den Herrn etwas unmöglich? Um diese Zeit kehre Ich zu dir nach Ablauf von neun Monaten zurück; dann hat Sara einen Sohn.« Da leugnete Sara und sprach: »Ich habe nicht gelacht«; denn sie hatte Angst bekommen; Er aber sprach: »Nein! Du hast gelacht.«

Wir wissen, wie es weiterging. Sara, die Welke, die Alte, die Greisin, gebar wirklich einen von ihrem Mann Abraham, dem Welken, dem Alten, dem Greis gezeugten Sohn. Was heißt hier Greis? Abraham war hundert Jahre alt, als dieser Sohn, der Isaak genannt wurde, zur Welt kam. Ist es nicht verzeihlich, dass Sara insgeheim gelacht hat, nicht wissend, dass für den Herrn nichts unmöglich ist? Nachher aber – eingedenk der Tatsache, dass dieser Herr ihre geheimsten Gedanken offen legen konnte – sprach sie es offen heraus: »Zum Scherze hat mich Gott gemacht. Wer davon hört, scherzt über mich.«

In der Tat scheint sie sich vor allem vor der Tatsache gefürchtet zu haben, zum Gespött zu werden, weil sie mit ihren ausgetrockneten Brüsten den Säugling noch stille. Was werden, meinte sie, die Leute sagen? Dass Sara, die mit einem Hundertjährigen verheiratet war, noch Kinder stillen könne? Abraham hingegen überlegte zu Recht, dass ihm nicht Spott, sondern vielmehr Anerkennung gebühre, und kümmerte sich nicht um das von Sara so gefürchtete Gerede der anderen. »Und das Kind wuchs und wurde entwöhnt, und Abraham bereitete ein großes Mahl an dem Tag, wo Isaak entwöhnt ward.« Ganz sicher hat er bei diesem Festessen dann auch gelacht. Ob er Sara damit angesteckt hat, wissen wir nicht. Hoffentlich!

Das Lachen war also laut Altem Testament dem Herrn eine Freude, er forderte die Menschen geradezu auf, fröhlich zu sein und der Fröhlichkeit auch laut Ausdruck zu verleihen. Wenn du fromm bist, heißt es sinngemäß im Buch Hiob, wird »dein Mund voll Lachens werden und deine Lippen voll Jauchzens« und ganz ähnlich heißt es im Psalm 126: »Wenn der Herr die Gefangenen Zions erlösen wird, so werden wir sein wie die Träumenden. Dann wird unser Mund voll Lachens und unsere Zunge voll Rühmens sein.«

Der Mund voll Lachen. Darf man ihn wirklich so voll nehmen? Darf man gar die Kirche durch Späße »entweihen«? Darf man von der Kanzel aus Witze reißen? Es kommt immer wieder vor, dass an den »närrischen Tagen« auch die Prediger meinen, auf den Fasching Rücksicht nehmen zu müssen. Ich war dabei, als sich ein Franziskaner vor der Homilie zum Gaudium der Leute einen Kardinalshut aufsetzte. Der Mund voll Lachen! Deswegen ist es Zeit, sich jetzt und hier doch auch noch mit jenem Phänomen zu befassen, das jeden, der sich – ob gläubig oder ungläubig – für Religion interessiert, seit jeher verblüfft hat. Mit dem Phänomen des so genannten »Ostergelächters« nämlich. Einer Skurrilität, die am Ende des Mittelalters offenbar in vielen Kirchen gebräuchlich war, die von Theologen »risus paschalis« genannt wird und zu den sonderbarsten Dingen gehört, die in dem an Sonderbarem gewiss nicht armen katholischen Ritus zu finden sind.

Ich möchte mich da an Maria Caterina Jacobelli halten, eine Italienerin, die unter dem Titel »Il risus paschalis« sogar ein Buch über dieses Ostergelächter geschrieben hat – es trägt freilich den Untertitel »Sexualität und Lust im Raum des Heiligen« und versucht, eine Verbindung zwischen dem provozierten Lachen von der Kanzel und dem Geschlechtlichen herzustellen.

Und das ist nicht einmal so abwegig, wie unsereiner meinen sollte. Aber schön der Reihe nach. Die Universitätsbibliothek von Tübingen verwahrt in ihrer Briefsammlung auch ein Schreiben eines gewissen Johann Oecolampad. In Wirklichkeit hieß er Johann Hausschein, war ein geborener Württemberger und wurde um die Wende vom 15. zum 16. Jahrhundert zum Priester geweiht. Er ist als »Mann von großer Bildung, Begabung und Rechtschaffenheit« beschrieben worden, »ein ernster und frommer Priester«. Deswegen sah er sich offenbar gezwungen, gegen Kritiker aufzutreten, die ihm einen für heutige Begriffe unerhörten Vorwurf machten: »Der Grund ist der, dass er nicht mit seiner Stimme und wilder Gestikulation die liederlichen Weiber erschreckte. Statt dem Herkommen zu folgen, enthält er sich hartnäckig dieser Dinge, nämlich Geschichten und Witze zu erzählen, die aus dem Küchenmilieu stammen. Er treibt die Zuhörer nicht zu lautem Lachen an, während er Christus verkündet, er scherzt weder mit schlüpfrigen Worten, noch ruft er durch Nachahmung eines Menschen, der sich selbst befriedigt, wie ein Possenreißer die Dinge vor Augen, die die Eheleute in ihrer Kammer und ohne Zeugen zu tun pflegen.«

Das »Herkommen« war also offenbar eines, mit dem Oecolampad nicht einverstanden war. Er war der Meinung, dass dies mit einer Auferstehungspredigt nichts zu tun habe, dass eine Kirche kein Platz für solche Schaustellungen sei – und er ist deswegen hart kritisiert worden. Das Volk der Kirchenbesucher hat sich nämlich am Ostermorgen genau das erwartet, was er als unwürdig, ja unmöglich tadelte: Scherze von der Kanzel aus, die den Rahmen des Zulässigen längst gesprengt hatten. Doch wären die Kirchen nicht leer geblieben, wenn die Menschen diese ihre Erwartungen nicht erfüllt gesehen hätten?

Auch nach dem 16. Jahrhundert, schreibt Frau Jacobelli, habe nichts darauf hingedeutet, dass das Phänomen des Osterlachens verschwunden sei. Vielmehr sei »dieser allgemeine Brauch, der überall in den Ländern des deutschen Sprachgebietes so tief in der Seele des Volkes verwurzelt ist«, durchaus gerechtfertigt worden, weil er auf den Psalmworten beruhe: »Dies ist der Tag, den der Herr gemacht hat, wir wollen jubeln und uns an ihm freuen.«

Es sei auch aus den vorhandenen Dokumenten zu sehen, »dass der Brauch üppig weiterlebte, wenn auch mit einiger Veränderung.«

Wäre ich boshaft (und ich bin es nicht, Gott bewahre!), würde ich sagen: Es hat sich offenbar auch bezüglich des Ostergelächters eine Divergenz zwischen Kirchenbasis und Amtskirche ergeben. Wäre ich boshaft, würde ich sagen: Auch heute bietet die Kirche vielen – freilich nicht jenen, denen sie wirklich am Herzen liegt – Anlass zum Lachen oder zumindest zum Lächeln. Die diesbezügliche Schadenfreude wird freilich zumeist nur von jenen geäußert, die sich nicht erinnern, wann sie zum letzten Mal in einer Kirche waren oder gar eine Predigt gehört haben.

Die Weisheit des Scholem Alejchem

Wer versteht noch das Traurige des jüdischen Humors?

Eigentlich bin ich wirklich ein glücklicher Mensch. Aus verschiedenen Gründen. Nicht nur, weil ich in jeder Beziehung und in jeder Bedeutung des Wortes Glück gehabt habe: Familie, Überleben, Ehe. Überleben auch im Krieg, als Kind. Glück aber auch, weil ich schon als knapp Achtzehnjähriger in einen Beruf kam, den ich immer haben wollte, der mich begeistert hat und der mich bis heute erfüllt.

Ich habe es freilich anno 1950, als ich in einer Zeitung meine ersten Sporen verdiente – es war das »Neue Österreich«, ein Blatt, das heute längst nicht mehr existiert –, ich habe es also 1950 wahrscheinlich leichter gehabt als Jüngere, als jene, die eine Generation später Journalisten wurden oder werden wollten. Ich traf auf Kollegen, die den Krieg und das NS-Regime (vor allem Letzteres) heil überstanden hatten. Alte Kollegen, Zeitungsleute, von denen etliche noch zu den mit allen journalistischen Wassern gewaschenen »Blattmachern« der Zwischenkriegszeit gehörten.

Ich war gleichsam eine Art von Verbindung zwischen diesen großen Alten des Berufs und jenen, die neu hinzukamen, als »Frischg'fangte«, wie es hieß. Dazwischen war eine Lücke, die der Krieg in der Mittelgeneration gerissen hatte. Die großen Alten: Sie hatten immer für die Zeitung gelebt. Wenn sie erzählten, saß ich stumm dabei und wunderte mich. Wo ist heute der Witz geblieben, dachte ich, ihr Witz, der klüger war als alles das, was heute herumgeistert? Wobei Witz nicht nur das ist, was erzählt wird, sondern auch das geistreiche Denken. Der Geist, wenn Sie wollen.

Es sind nur mehr einige ganz wenige jüdische Kollegen damals unter uns gewesen. Was sie erzählten und wie, und was über die Alten erzählt wurde, die nicht mehr da waren – nein, der Journalistenberuf muss damals wirklich noch einer gewesen sein, der nichts von »G'scheiterln« an sich hatte, aber umso mehr die Lust am Gescheiten, am Geistreichen pflegte. Und das Geistreichste waren jene Geschichten, die sich um die jüdischen Kollegen spannten. Mit ihnen ist nicht nur der Witz, sondern auch vieles vom Geist unseres Berufs verloren gegangen.

Es gibt kaum jemanden, der einen jüdischen Witz so trefflich erzählen kann wie ein alter Journalist. Warum das so ist, weiß ich nicht. Vielleicht ist es eine Eigenart dieses Berufs, möglichst akkurat wiederzugeben, was Eindruck gemacht hat. Zudem sind die Journalisten samt und sonders extrovertiert. Sie sind von Berufs wegen mitteilsam. Wenn einer, so sagte ich stets meinen jungen Kollegen und auch jenen, die ich an der Universität unterrichtete, wenn einer oder eine nicht mitteilen, nicht erzählen will, was passiert ist, ist der Beruf verfehlt. Dazu gehört auch das Erzählen dann, wenn man nach Redaktionsschluss beisammensitzt.

Auch das kommt nicht mehr oft vor. Und am seltensten kommt es vor, dass man dann Scherze aus dem Berufsleben, lustige Erlebnisse, witzige Ereignisse austauscht. Vielleicht hat auch dies mannigfache und durchaus verständliche Ursachen. Wenn sich der erwähnte Redaktionsschluss erst weit nach Mitternacht abspielte, war die Lust, sich gemeinsam noch im Kaffeehaus einzufinden, offenbar größer als heute, da der Redaktionsduft von Druckerschwärze und Papier und das Geklapper der Schreibmaschinen der zumeist sauberen und stillen Atmosphäre der elektronischen Systeme gewichen sind. Und dann auch: Ist das Journalistenleben so heiter, wie es offenbar damals war? Wäre es heute möglich, dass Kollegen verschiedenster Tageszeitungen – in Wien gab es in den zwanziger Jahren mehr als 20 Blätter – zu mitternächtlicher Stunde einen Wettbewerb ausschreiben? Vorgegeben war, den unauffälligsten Titel für die Sensationsmeldung zu finden, dass ein Kardinal als Kinderschänder verhaftet worden sei (Plus ca change, plus c'est la même chose). Den ersten Preis gewann der Titel: »Aus dem hohen Klerus«.

Man hat mir dies als wahre Geschichte erzählt, und bis zum Beweis des Gegenteils glaube ich sie – als Beispiel der außerredaktionellen Kommunikation unseres Berufsstandes von anno dazumal. Oder wer von den Polizeireportern könnte sich heute vorstellen, dass unsere beruflichen Vorfahren einander immer wieder lachend erzählten, der damals in ganz Wien bekannte und berüchtigte Strafanwalt Dr. Sperber habe einen Werbespruch lanciert, der da lautete: »Räuber, Mörder, Kindsverderber kommen nur zum Dr. Sperber!« Heute gibt es keine solchen Anwälte mehr und leider auch kaum Journalisten, die solche und ähnliche Geschichten – es gibt deren Hunderte – genüsslich erzählen.

Ich fürchte, dass die Zeitungsleute von heute diese Storys auch kaum mehr lustig finden. Sie haben, scheint mir, nicht mehr die Zeit zum Lachen. Für sie ist der Beruf ein bitterernster; den Ausgleich durch ein heiteres Gemüt weisen viele von ihnen von sich. Vielleicht auch ist dies die Ursache für die uralte journalistische Weisheit, dass nur eine schlechte Nachricht eine gute sei, oder besser: dass nur eine schlechte überhaupt eine Nachricht sei.

Scherz beiseite, aber nur für kurze Zeit: Es fehlt das jüdische Element im Journalismus von heute; das bezieht sich auch auf die Sprache. Nicht auf die geschriebene, versteht sich. Die ganz wenigen erwähnten Alten aber, die noch zur Zeit, da ich begann, vor allem in den Wiener

Redaktionen tätig waren, pflegten sogar eine von jiddischen und teilweise hebräischen Ausdrücken durchsetzte Umgangssprache, und ich war ein eifriger Schüler. Mitunter meinte ich, mich in einem galizischen Stetl zu finden, und bemühte mich, von diesen Kollegen zu lernen. Aber was nützt es, wenn ich heute vor den Jungen die mir eingebläute journalistische Weisheit zitiere, dass man »mit Rachmones ka Blatt mache«? Unübersetzbares übersetzen zu wollen, tötet das Weistum. Soll ich heute sagen, dass man nicht allzu viele Mitleid heischende Berichte ins Blatt setzen darf? Was heißt denn »Rachmones« mit einem deutschen Wort?

Nicht nur im Journalistenberuf, aber vor allem auch in diesem ist unersetzliches Kulturgut verloren gegangen. Mit den jüdischen Zeitungsleuten starb oder emigrierte

ein Gutteil des geistigen Reichtums dieser Branche; ob die amerikanischen Medien, in denen die Nachfahren heute tätig sind, diesen Reichtum noch pflegen, ob sie ihn verwenden oder ob ihn die Nachkommen nicht mehr besitzen, weiß ich nicht. In der Tat ist es fast nicht möglich, den Witz von einst (Witz in jeder Beziehung und Bedeutung des Wortes) zu revitalisieren.

Nur Juden können jüdische Witze erzählen. Alles andere ist Talmi. Und noch etwas: Ein Witz wirkt nur, wenn Erzähler und Rezipient der gleichen Kultur angehören und das gleiche Niveau besitzen. Um in das Wesen jüdischer Witze einzudringen, um sie zu verstehen, muss man – ich bitt' um Entschuldigung – eine Spur von Gescheitheit in sich tragen. Man muss die mitunter verquert anmutende Gedankenwelt des jüdischen Witzes begreifen. Ich hörte das bei einem Vortragsabend im Wiener Jüdischen Museum, der in mehr als einer Hinsicht aufschlussreich war.

Erstens durch den Titel: »Der jüdische Witz – Der Judenwitz«. Dazwischen liegen Welten. Da ist die Klugheit, und sei sie auch eine betroffene, und dort die Dummheit des Antisemitismus. Da ist Wehmut, dort Bosheit. Der Kontrast, der aufgezeigt werden sollte, kam freilich nicht zur Geltung. Das Podium beschränkte sich darauf, den ersten Teil des Mottos zu präsentieren. Nicht verwunderlich: Die Diskussion bestritten unter anderem der österreichische Oberrabbiner Chaim Eisenberg und der Kabarettist Gerhard Bronner.

Zum Zweiten: Der Saal barst aus den Nähten – sofern eine solche falsche Metapher gestattet ist. Die Zuhörer drängten sich, als keine Sitzplätze mehr vorhanden waren und das ist bereits lange vor Beginn der Fall gewesen, bis auf den Gang hinaus. Und es waren in der Mehrzahl junge Menschen.

Drittens aber: Gerade dies hat mich nachdenken lassen. Ich meine jetzt nicht die mangelnde oder nicht mangelnde Aufarbeitung der Vergangenheit, auch nicht das Bedenkenswerte an diesem Abend. Vielleicht war diesbezüglich nur auffallend, dass Worte wie »Holocaust« oder »Shoah« nicht gefallen sind.

Nachdenken ließ mich die Tatsache, dass es entgegen der Annahme vieler Besucher ein langer Abend ungetrübter Heiterkeit war, und dass der Oberrabbiner und der Kabarettist und die beiden anderen Diskussionsteilnehmer, der Moderator Doron Rabinovici und eine amerikanische Psychologin nach mehrmaligen Versuchen, das Wesen des jüdischen Witzes auszuloten, nur mehr Anekdoten erzählten.

Es wurde nur mehr gelacht. Allein, ich machte mir Sorgen: Eisenberg und Bronner mussten gelegentlich die von ihnen verwendeten jiddischen Wörter und Begriffe gleichsam ins Deutsche übertragen, weil sie von der jungen Zuhörerschaft nicht verstanden wurden, obgleich diese sich zu einem großen Teil aus jüdischen Jugendlichen zusammensetzte. Das Jiddische, dachte ich im Verlauf des Abends, scheint also bei den Jungen tatsächlich immer weniger verstanden zu werden und noch weniger gebraucht. Ein Witz aber, dessen wesentliche Bestandteile nur nach Übersetzung begriffen werden, hat zwar Lacher zufolge, die aber wirken nicht unmittelbar. Ich musste immer wieder an meine alten Kollegen aus der Zeitung der ersten Nachkriegszeit denken. Ihnen ist zu verdanken, dass ich zum Unterschied von vielen jungen Juden in der Zuhörerschaft auf diese Übersetzungen nicht angewiesen war.

Ihnen – und auch der Lektüre einschlägiger Bücher, wobei jenes von Salcia Landmann an diesem Abend vom Podium aus verdammt worden ist – habe ich auch zu verdanken, dass ich mindestens die Hälfte der vom Oberrabbiner und dem Kabarettisten, vom Moderator und der Psychologin erzählten jüdischen Witze bereits seit langem gekannt hatte.

Ihnen ist schließlich auch zu verdanken, dass ich damals besonders aufmerkte, als Augenblicke lang die Wehmut des jüdischen Schicksals durch den Saal lief. Das war, als die Rede auf die Emigrantenwitze kam. Das Geschick der in die Fremde Gezwungenen ist bei niemandem mehr als bei den Juden die Wurzel trauriger Heiterkeit gewesen. Niemand kann besser als die Juden Witze mit traurigen Pointen produzieren. Ich selbst habe das immer wieder erlebt und gehört. Ich verstehe auch, dass vieles nicht verstanden wird von dieser Düsternis des Scherzes, der selbst dann nicht unterdrückt wird, wenn es eigentlich gar nichts zu lachen gibt. Und obwohl ich mir vorgenommen habe, in diesem Buch keine Witze zu erzählen, darf ich hier eine Ausnahme machen. Es handelt sich um zwei Beispiele tieftraurigen Lustigseins, die nur verstehen kann, wer versucht hat, in die Gedankenwelt von Menschen einzudringen, denen fast nichts geblieben ist als ihre Klugheit.

Da sitzen zwei Juden in New York auf einer Parkbank, und einem fällt das Stoffwechselprodukt eines Vogels auf den Kopf. »Und siehst du«, sagt er zum anderen, »für einen Goj hätt' er gesungen.«

Und ein Zweiter, der mich immer besonders nachdenklich gemacht hatte, handelt von drei Emigranten, die sich im Krieg darüber unterhalten, wie sie Adolf Hitler behandeln würden, wenn es aus wäre mit dem Dritten Reich. Der eine will ihn köpfen, der andere verbrennen. Der Dritte aber sagt: »Ich möcht' wieder im Café Produktenbörse sitzen und Zeitung lesen, und neben mir sitzt ein Herr mit kleinem Bärtchen und einer in die Stirne gekämmten Haarlocke, und er sagt: ›Ist die Neue Freie Presse frei?‹ Und ich möcht' sagen: ›Für Sie nicht, Herr Hitler!‹«

Diese beiden Witze hatte man nicht erzählt an jenem Abend im Museum. Vielleicht wären sie in ihrer Bedeutung und Tragweite nicht verstanden worden. Dafür hat mich damals ergriffen, als inmitten des allgemeinen Lachens Gerhard Bronner von Scholem Alejchem erzählte, dem jüdischen Weisen, der ihm von allen der Weiseste erscheine, weil er geschrieben habe, was bisher eigentlich niemandem zu Bewusstsein gekommen ist: Wenn ein Tier Schmerz empfindet, kann es schreien. Der Mensch hat eine Alternative: Er kann im Schmerz lachen.

Das Lächeln der Unbekannten
Auch der Tod kann heiter stimmen

Kann der Tod zum Lachen reizen? Verstehen Sie mich nicht falsch: Ich meine nicht, dass der Tod lächerlich ist – obwohl es auch das gibt, man muss nur dem Begriff »lächerlich« eine andere Bedeutung zumessen, »überflüssig« etwa. Was ich meine ist, dass selbst Tod und Todesgefahr bisweilen den gebührenden Ernst vermissen lassen.

Ort der Handlung: der Luftschutzkeller in meinem Elternhaus. Zeit: etwa zweite Hälfte 1944. Der Luftschutzraum war ein zu einem solchen umgestaltetes Kellerabteil. Die Fensterluken des Kellerganges gingen auf die Straße, ließen Licht und Luft herein. Eine Bombe hätte sämtliche Insassen pulverisiert, eine Brandbombe hätte sie verbrennen lassen, auch uns Kinder.

Wenn die Sirenen heulten, immer am Tag um die Mittagszeit, denn die Amerikaner griffen stets bei Tageslicht an, eilten wir in den unterirdischen, aber nicht sehr tief gelegenen Raum mit seinen notdürftig zusammengezimmerten Holzbänken. Wir hängten uns die vorbereiteten Bänder um den Hals, an denen Waschlappen baumelten, denn so hatte man es uns beigebracht: Schützt euch wenigstens provisorisch vor von Schutt aufgewirbeltem Staub, falls im Nachbarhaus eine Bombe einschlagen sollte. Bei einem Volltreffer hätten wir ohnehin nichts zum Schützen gehabt. Es gab viele Volltreffer damals in Wien.

Und dann stülpten meine Mutter und wir Kinder uns jene Küchengefäße auf den Kopf, die man in Wien einen Weitling nennt. Früher ist in ihnen der Teig für einen Gugelhupf geschlagen worden. Wir boten einen möglicherweise erbärmlichen, für uns Kinder aber lächerlichen Anblick. Daher brachen wir jedes Mal, wenn wir uns anblickten, in Lachen aus oder kicherten zumindest. Todesgefahr? An die dachten wir nicht. Wir haben damals nur die Komik gesehen, die darin bestand, erwachsene Menschen – auch die anderen hatten ja Küchengeräte als provisorischen Schutz verwendet – mit einem Weitling auf dem Kopf zu erleben.

Ist der Tod lächerlich?

Szene zwei: Begräbnis meiner Großmutter. Trauer und Tränen. Nachher, wie üblich, Zusammenkunft der Verwandten in unserer Wohnung. Wir waren längst erwachsen und hätten eigentlich das zeigen müssen, was man als »mehr Gefühl» bezeichnen würde. Doch siehe: Selten noch hatte unter der Schar der Anverwandten eine so heitere Stimmung geherrscht, selten noch war so viel gelacht worden wie damals nach der Rückkehr vom Wiener Zentralfriedhof.

Herzlosigkeit? Gefühlslosigkeit? Keines von beiden. Wir erlebten das, was nach Begräbnissen immer wieder vorkommt. Der Totenschmaus heißt doch »Schmaus«, weil er als solcher begangen, sprich: gefeiert wird. Es ist nicht nur das plötzliche Nachlassen der Spannung, es ist nicht nur die Ablösung der Trauer durch eine andere Emotion. Er ist, glaube ich, auch die unbewusste Freude daran, dass man nicht selbst draußen liegt. Es ist eine Art von Dank, von lautem Dank diesfalls, dass man übrig geblieben ist. Wir haben, als uns der Widersinn dieser Emotionen bewusst wurde, gemeint, dass weder die Großmama noch der Liebe Gott darob erzürnt seien. Die Großmama hat gerne gelacht und der Liebe Gott ist ein heiterer.

Lachen über den Tod? Manchmal ja. Manchmal ist es auch nur ein Lächeln. Heißt es nicht in einem Kirchenlied: »Der Tod hat keinen Schrecken mehr«? Trotzdem: Kann ein Totengräber als Clown auftreten? Er kann es.

Sie glauben es nicht? »Enter two clowns«, heißt es im englischen Text, der Urfassung also, von Shakespeares »Hamlet«. Die Szene spielt auf einem Kirchhof, wie Schlegel den »churchyard« des Dichters übersetzte; heute sagen wir Friedhof dazu. Erster Clown, zweiter Clown: First clown, second clown. Schlegel übersetzt: Erster Totengräber, zweiter Totengräber. Trotzdem agieren und reden sie als Witzfiguren. Der Kontrast zwischen Beruf und Geistesverfassung, Mentalität, Gedankenspiel könnte nicht größer sein.

Die Totengräber bereiten unter munteren Reden Ophelias Grab vor: »Wer baut fester als der Maurer, der Schiffsbaumeister oder der Zimmermann?«, fragt der erste Clown – pardon, Totengräber – den zweiten. Dieser weiß gleich die Antwort: »Der Galgenmacher, denn sein Gebäude überlebt an die tausend Bewohner.« Wieder einmal: Haha! Der erste Totengräber sagt denn auch: »Dein Witz gefällt mir, meiner Treu!« Und dann, ein paar Zeilen weiter: »Wenn dir jemand das nächste Mal die Frage tut, antworte: der Totengräber. Die Häuser, die er baut, währen bis zum jüngsten Tag.«

Und dann kommt ihn der Durst an: »Geh', mach' dich ins Wirtshaus und hole mir einen Schoppen Branntwein.« Erster Clown, zweiter Clown. Nicht ganz das, was Sie sich unter einem Clown vorstellen, nicht wahr? Unter einem Spaßmacher. Ich glaube, dass auch Shakespeare das Wesen der Clownerie hier nahezu überstrapaziert hat. Und dann – was tut er dann, unser erster Clown? Unser erster Totengräber? »Throws up a skull«, sagt der Dichter. »Wirft einen Schädel auf«, sagt sein Übersetzer. Ein gewisser Yorick, ein Spaßmacher, war hier bestattet gewesen, und, wie es scheint, war das Grab nicht auf Friedhofsdauer bestellt. Was in der Friedhofszene nun folgt, passt, so makaber-skurril es auch klingen mag, haargenau zu unserem Thema. Schlag' nach bei Shakespeares »Hamlet«.

ERSTER TOTENGRÄBER. »Hier ist ein Schädel, der Euch dreiundzwanzig Jahre in der Erde gelegen hat.«
HAMLET. »Wem gehört er?«
ERSTER TOTENGRÄBER. »Einem unklugen Blitzkerl. Wer denkt Ihr, dass es war?«
HAMLET. »Ja, ich weiß nicht.«
ERSTER TOTENGRÄBER. »Das Wetter über den unklugen Schalk! Er goss mir einmal eine Flasche Rheinwein über den Kopf. Dieser Schädel da war Yoricks Schädel, des Königs Spaßmacher.«
HAMLET. »Dieser?«
Nimmt den Schädel.
ERSTER TOTENGRÄBER. »Ja, ja, eben der.«
HAMLET. »Ach, armer Yorick! – Ich kannte ihn, Horatio; ein Bursch von unendlichem Humor, voll von den herrlichsten Einfällen, wie schaudert meiner Einbildungskraft davor. Mir wird ganz übel. Hier hingen diese Lippen, die ich geküsst habe, ich weiß nicht wie oft. Wo sind nun deine Schwänke? deine Sprünge? deine Lieder? deine Blitze von Lustigkeit, wobei die ganze Tafel in Lachen ausbrach? Ist jetzt keiner da, der sich über dein eigenes Grinsen aufhielte? Alles weggeschrumpft?«

Es ist, glaube ich, diese Symbiose von Witz und Tod und Hamlets darauf folgende Gedankenschwere, die dazu geführt hat, dass der Dänenprinz immer wieder als einer dargestellt wird, der sinnend einen Totenschädel in der Hand hält. Ob er auch einmal gelacht hat, weiß ich nicht. Vielmehr scheint mir, dass ihm sogar das Lächeln auf die Nerven ging. Oder ist es nur das Lächeln gewisser Personen gewesen, das ihn gestört hat? »Dass einer lächeln kann und immer lächeln und doch ein Schurke sein«, sagt er über Polonius, den Oberkämmerer seines Stiefvaters, des Königs.

Lächeln und Tod. Lächeln und Schurkerei. Ich möchte noch einen Augenblick bei Hamlet bleiben. Er gilt auch als Zögerer, »hamletisch» nennt man die Wesensart von Menschen, die ihm gleichen. Dass Shakespeares Clowns ausgerechnet auf dem Friedhof mit ihm plaudern – plaudern, jawohl, sogar Witze reißen –, passt genau in die Dramaturgie des Dichters, der seinen »Narren« oft auch ohne Rücksicht auf den Ernst der Szene auftreten lässt. Armer Yorick. Es zählt zu den Eigenheiten der deutschen Sprache, dass man von einem »grinsenden Totenschädel« spricht. Yorick, der tote Spaßmacher; es liegt nahe, auch in seinem Fall vom Grinsen des Schädels zu sprechen.

Aber woher kommt diese Wortkombination? Vielleicht – grausige Vorstellung – grinst ein Schädel, weil die Kinnbacken auseinander klaffen. Wer Katakomben besucht hat, weiß, was gemeint ist.

In der Realität freilich grinst der Tod bestenfalls in Schauergeschichten. Er lächelt nicht einmal. Und auch Tote lächeln nicht, auch wenn dies von manchen behauptet wird. Vor allem von der so genannten »Unbekannten aus der Seine«. Ein junges Mädchen war dies, das ertrunken ist und deren Leiche geborgen wurde. Man hat sie nicht gekannt. Man wusste auch nicht, ob ihr Tod durch einen Unfall oder durch Selbstmord – Freitod, wie die Suizidforscher sagen – erfolgt war. Man hat nur behauptet, dass ihre Züge ein Lächeln gezeigt hätten, als man sie ans Ufer zog. Eine lächelnde Leiche also, deren Totenmaske sogar zum Verkaufsschlager wurde und die seither immer wieder der Phantasie freien Lauf ließ. Ödön von Horváth hat 1933 über diese Figur ein Theaterstück geschrieben.

Und doch: Lächeln im Tode, Lächeln einer Toten? Das gibt es nicht, sagt der Wiener Gerichtsmediziner und Universitätsprofessor Wilhelm Holczabek. Er hat in seiner aktiven Zeit viele Hunderte von Leichen von Berufs wegen zu Gesicht bekommen – vielleicht ist es ein unbewusster Ausgleich seines makaberen Gewerbes gewesen, dass er mit einer bekannten und beliebten Schauspielerin verheiratet ist. Der Tod, sagt er, ist neutral. Da ist kein Lächeln mehr. Und er verweist auf ein Lehrbuch der Gerichtlichen Medizin, herausgegeben von Berthold Mueller im Springer Verlag, dessen zugegebenerweise makabere diesbezügliche Ausführungen ich Ihnen nicht vorenthalten möchte: »Die in Laienkreisen vielfach geäußerte Auffassung, dass der Anblick des Verstorbenen die Vorgänge der Seele vor dem Tode widerspiegle, dass etwa friedliche Gesichtszüge auf einen natürlichen Tod und verzerrte Gesichtszüge auf vorangegangene Schmerzen oder auf einen Schreck hinweisen, ist irrig. Die Gesichtszüge eines Toten sagen im Allgemeinen über seine Empfindungen vor dem Tod nichts aus.«

Was ist also von der berühmten »Unbekannten aus der Seine« wirklich zu halten, deren Totenmaske man so oft sieht? Das Lächeln, sagt Prof. Holczabek, sei nur vorgetäuscht – durch ein Erschlaffen der Gesichtszüge. Auch wenn man der Meinung sei, dass Antlitz zeuge von einem glücklichen Erleben des Todes – die Gerichtsmediziner enttäuschen alle, die solches erkennen wollen.

Sehr zum Unterschied von den amerikanischen »Undertakers«, die weit mehr sind als die Leichenbestatter in Europa. Sie sind nicht zuletzt Kosmetiker des Todes, und zwar im buchstäblichen Sinn. Sie zaubern (zaubern?), wenn gewünscht, ein friedliches Lächeln auf das geschminkte Antlitz des »loved one«. Man muss es nur zusätzlich bezahlen.

Anmerkung: Die meisten Regisseure der »Jedermann«-Aufführungen während der Salzburger Festspiele lassen den Hauptdarsteller ein grelles Lachen ausstoßen, wenn er erfährt, dass hinter ihm der Tod steht. Die meiner Meinung nach bühnenwirksamste Regieform dieses klinischen Bilds eines Herzinfarkts lässt den Jedermann in Anbetracht der Situation ungewöhnlicher Weise darauf reagieren, dass der Tod ihm sagt:

Von deines Schöpfers Majestät
Bin ich nach dir ausgesandt
Und das in Eil: drum steh ich da.
Jedermann kann es nicht fassen, will es nicht fassen:
Wie, ausgesandt nach mir?

Er reagiert schließlich auf diese schreckliche Erfahrung mit dem, was Psychologen immer wieder als durchaus natürlich bezeichnen: Er lacht. Und zwar laut und gellend. Bis das Lachen ihm im wahrsten Sinn des Wortes im Halse stecken bleibt. Die Hofmannsthal'sche Regieanweisung lautet: »Greift nach seinem Herzen.«

Das Lachen über den Tod ist, wie ich glaube, nirgendwo so drastisch und eindrucksvoll dargestellt worden wie in diesen Salzburger Inszenierungen. »Ei Jedermann! Ist so fröhlich dein Mut?« Die Heiterkeit vergeht blitzartig und Hofmannsthal schreibt: »Buhlschaft ist von Jedermann weggeglitten.« Auch diese vom Tod abgebrochene Fröhlichkeit ist nichts Neues, solange es Menschen gibt.

Vom Kornprinzen und einer Hand, die steht

Lachen im Blätterwald oder: Vorsicht, bissiger Grubenhund

Wenn ich, damals ein junger Reporter, einmal schlecht gelaunt (was eigentlich nicht oft passierte) in die Redaktion kam, öffnete ich eine Kastentüre, und die schlechte Laune war verflogen. Sie wich einem Lachen, das auch jene Kollegen befiel, die mir über die Schulter blickten. Nicht der Inhalt des Kastens war es, der heiter stimmte. Es war ein großes Stück Packpapier, das an die Innenseite der Kastentür genagelt war. Auf dieses Papier hatten wir jene Zeitungstitel geklebt, die uns die österreichische Presselandschaft beschert hatte und die ein Born unerschöpflicher Heiterkeit gewesen sind. Deswegen nämlich, weil sie durch skurrile Formulierungen oder falsche Metaphern wie Scherze anmuteten, es aber nicht waren, sondern durchaus ernst gemeinte Überschriften, die zum Lesen anregen sollten, wie es sich für einen Zeitungstitel gebührt.

Zeitungstitel sind so flüchtig wie das Produkt und die Artikel, die unter den Titeln stehen. »Strumpfhosen wieder im Griff« war eine der Überschriften, an die ich mich heute noch erinnere – die meisten sind leider meinem Gedächtnis entschwunden. »Schnelle Beine, weiche Eier« war ein anderer Titel, der uns Jungjournalisten immer wieder zu Heiterkeitsausbrüchen verführte. Dabei war er ganz unschuldig gemeint: Es ging um ein Ober-Wettrennen vor dem Rathaus, bei dem ein Teller mit weichen Eiern nach Kellnerart auf dem Arm balanciert werden musste. Der mit den schnellsten Beinen gewann. Ob freilich die Überschrift »Die öffentliche Hand steht auf der

Preisbremse« wirklich erschienen ist, weiß ich nicht. Ich weiß aber, weil ich damals Jungreporter der längst verschiedenen »Weltpresse« war, dass dort ein Aufmachertitel erschienen ist, der in ganz Wien Gelächter hervorrief.

Es war freilich, wie ich zugeben muss, ein Satzfehler, jener Teufel, der, wie ich dann an einem anderen Beispiel erläutern werde, ein besonders teuflischer ist. Das damals berühmte Ass der Damen-Schirennen, die Österreicherin Dagmar Rom, hatte bei einem FIS-Weltmeisterschaftsbewerb, an den ich mich nicht mehr erinnere, eine Goldmedaille gewonnen. Sie sei, posaunte die »Weltpresse« hinaus, Erste bei den FIK-Meisterschaften geworden. Die Zeitung konnte nicht mehr zurückgezogen werden, ebenso wenig war zu klären, ob der Satzfehler wirklich ein unbeabsichtigter gewesen war. Dagmar Rom hat sich damals verständlicherweise bitter beschwert und auf einer Richtigstellung beharrt, bis man sie überzeugen konnte,

dass ein »Unwahr ist ... wahr ist vielmehr« die Sache nur noch schlimmer gemacht hätte.

Der Druckfehlerteufel teufelt sich durch alle Printmedien, Bücher sind davon nicht ausgenommen, und er ist so alt wie seine Urgroßmutter. Berühmt ist die angeblich in der »Neuen Freien Presse« zur Zeit der Monarchie erschienene Notiz, die über eine Aktivität des Kronprinzen Rudolf berichtete. Am nächsten Tag schrieb das Blatt beschämt, er sei fälschlich, wofür die Leser innigst um Entschuldigung gebeten würden, »Seine Kaiserliche Hoheit der Kornprinz« genannt worden. Selbstverständlich hätte es »Seine Kaiserliche Hoheit der Knorprinz« heißen müssen.

Ich weiß nicht, ob dieses Gelächter, das eine solche Verböserung hervorrief, bis in die Hofburg gedrungen ist. Aber ähnliche falsche Richtigstellungen kommen bis herauf in die Gegenwart vor. Wobei wir alle wissen, wie sehr die Zeitung einerseits sich jeder Spur von Langeweile enthalten soll – »Fadesse oblige« ist ein Schreckenswort für alle jene, die dieses Motto einigen ausländischen Blättern zumessen, von denen man sagt, sie seien von Archivaren für Archivare geschrieben. Andererseits aber droht immer wieder die Deadline, und aus Angst vor dem Blattschluss ist es nicht möglich, jede Metapher zu überprüfen, geschweige denn sämtliche Meldungen, die hereinkommen.

Deswegen – und weil auch Leserbriefen nicht »nachrecherchiert« werden kann – ist (leider auch in der »Neuen Freien Presse«) anno 1911 ein Schreiben erschienen, in dem ein Leser im Zusammenhang mit (erfundenen) seismischen Störungen berichtete: »Völlig unerklärlich ist jedoch die Erscheinung, dass mein im Laboratorium schlafender Grubenhund schon eine halbe Stunde vor Beginn des Bebens auffallende Zeichen größter Unruhe gab.« Der Schreiber ist bekannt: Es war ein gewisser Arthur Schütz, der so lange lebte, dass ich ihn selbst noch interviewen konnte. Er sagte, er habe sich ganz einfach einen Spaß machen wollen und habe sich die berühmte »Neue Freie Presse« als Ziel ausgesucht. Der Ausdruck »Grubenhund« ist zum Synonym für alle beabsichtigten oder unbeabsichtigten Scherzmeldungen geworden, die in einer Zeitung seither erschienen sind. Und es sind sehr viele gewesen.

Helmut Qualtinger war ein begnadeter Erfinder solcher beabsichtigten Falschmeldungen. Sie sind nicht zu verwechseln mit jenen, die so unwahrscheinlich sind, dass sie eigentlich allen auffallen müssten – manche Zeitungen befleißigen sich solcher journalistischen Scherze, wenn sie der 1. April dazu reizt oder der Faschingsausklang. Diese Meldungen sind bisweilen so seriös abgefasst, dass manche Leser sie für echt halten. So hat eine Wiener Zeitung vor Jahren einmal am 1. April berichtet, dass im Rahmen des Ausbaus der Wiener Stadtautobahnen auch eine solche quer über den Heldenplatz geführt werden soll. Was niemand annahm, geschah. Es gab unzählige Protestanrufe in der Redaktion wegen der vermeintlich beabsichtigten Stadtbild-Verschandelung.

Nein, wovon ich hier erzählen möchte, sind jene in der Mehrzahl von Qualtinger stammenden Meldungen, die von der Redaktion selbst für wahr gehalten und daher auch publiziert wurden. Mein Branchenkollege Horst Friedrich Mayer hat einige von ihnen – an viele kann ich mich selbst noch erinnern – in seinem Buch *Die Entenmacher – Wenn Medien in die Falle tappen* gesammelt. Da war etwa die Geschichte über den »Eskimo-Dichter« Kobuk, »laut PEN-Club Verfasser mehrerer Romane, deren eigenartige Verbindung von magischem Realismus und nordischer Mythologie ihn auch über die Grenzen seiner engeren Heimat bekannt gemacht haben. Seine Romane *Brennende Arktis* (Berlin 1927) und *Kocholz* (Zürich 1941) sicherten ihm auch im deutschen Sprachbereich einen beachtlichen Leserkreis. Seine grönländische Trilogie ›*Nordlicht über Iviktut*‹ wurde vom MGM zur Verfilmung erworben.« Kobuk, geboren in Viktut 1889, wolle in Wien auch über Aufführungen seines Dramas *Einsamer Iglu* und der satirischen Komödie *Republik der Pinguine* verhandeln.

Das Schreiben ist allen Wiener Tageszeitungen zugegangen, und einige Reporter erwarteten Kobuk sogar am Westbahnhof. Und jetzt darf ich wieder Mayer zitieren: »Der erwartete Zug fuhr ein, doch ihm entstieg nicht der berühmte Eskimodichter, sondern der Schauspieler und Kabarettist Helmut Qualtinger mit Pelzmantel und -haube. Vom Radioreporter nach seinem ersten Eindruck von Wien befragt, soll er in schönstem Dialekt gesagt haben: ›Haaß is.‹«

Je länger ich darüber nachdenke, desto mehr fällt mir auf, dass auch der Witz dem Journalistenberuf schön langsam abhanden kommt. Helmut Qualtiger war einer der Letzten, die, umgeben von »Redaktronikern« statt Redakteuren, dennoch in der Lage waren, Professionalität und Spaß zu paaren. Heute müssen wir uns oft damit begnügen, Branchenfremde als Quelle der Heiterkeit zu benützen. Gewiss wird dann auch in den Redaktionen rundum gelacht, aber es bleibt bei Erzählungen und wird nicht publiziert.

Wer würde denn auch einen Politiker blamieren wollen, der – es geschah vor Jahrzehnten – im Parlament bei einer Geburtstagsfeier für den damaligen Nationalratspräsidenten Leopold Kunschak, diesen als »Nestroy der christlichen Arbeiterbewegung« bezeichnete, weil ihm das Wort Nestor – nun, sagen wir: entfallen war.

Europas Journalisten sind da feinfühliger als die amerikanischen. Diese haben sich nicht gescheut, den damaligen Vizepräsidenten Dan Quayle publizistisch zu verspotten, weil er während eines Schulbesuchs auf der Tafel das Wort »potatoes« in »potatos« ausgebessert hatte. Die vermeintlich fehlenden Rechtschreibkenntnisse blieben ihm haften. Ein Karikaturist zeichnete ihn, der sich als republikanischer Präsidentschaftskandidat empfehlen wollte, vor einer Schultafel; er verspreche, sich im Amte jeder Art von »Sax« zu enthalten, schrieb Quayle. Damit verglichen ist die stehende Redensart eines ehemaligen österreichischen Bundeskanzlers, einer der wichtigsten Teile eines Vertrages sei die »Schluss-präambel«, eigentlich das, was man in Österreich ein »Lercherl« nennt. Aber sie zeigt, dass Anfang und Ende oder Ende und Anfang miteinander verschmelzen können. Das A und O des Lachens gewissermaßen.

Epilog

Mir scheint, dass der vorhin erwähnte Bundeskanzler – er ist schon lange gestorben – durchaus Recht gehabt hat. Schlusspräambel – die möchte auch ich an das Ende dieses Buches setzen. Warum? Weil ich im Epilog einfordern darf, was ich im Prolog angekündigt habe: Das Verständnis dafür, dass meine Berichte, Erzählungen und Gedanken von einem stammen, der in der Tat glaubt, zu wissen, wovon er schreibe. Er ist eben doch ein Lacher.

Es gibt Leute, die uns einer morbiden Heiterkeit zeihen. Unser Tanz, sagen sie, sei ein Tanz auf dem Vulkan. Mag sein. Aber als Wiener denke ich beim Tanzen in erster Linie an den Walzer und da wieder daran, dass man sich nicht mit todernstem Gesicht dreht. Nicht einmal mit ernstem. Gewiss, immer wieder fällt uns das Lächeln schwer, und immer wieder bleibt uns – wie oft habe ich es eigentlich schon gesagt? – das Lachen im Hals stecken. Aber ich habe jenen klugen Mann zitiert, der als Beispiel anführte, auch ein Pferd wiehere nicht unausgesetzt.

Es fällt auch mir nicht ein, stets in wieherndes Gelächter auszubrechen. Aber es ist, glaube ich, doch an der Zeit, zu akzeptieren, dass das Lachen älter ist als die Sprache. Dass es den Menschen vom Tier unterscheidet. Und dass es dem Menschen – uns allen also – angeboren ist. Nur dass wir es allzu selten praktizieren.

Wenn Sie mich fragen, was ich selbst von diesem Buch am liebsten mitnehme, ist meine Antwort klar: Ich lache, daher bin ich. Vielleicht hätte Descartes sein »Cogito, ergo sum«, wäre er nicht, wie ich glaube, ein allzu ernster Mensch gewesen, wie die meisten Philosophen es sind – vielleicht hätte er es anders formuliert, nicht nur von

Denken, sondern auch von Lachen gesprochen. Diese Philosophie will mir gefallen. Ich lache, daher bin ich. Wir lachen, daher werden wir sein. Wenn wir lachen können.

Inhalt

PROF. DR. THOMAS CHORHERR, geboren 1932 in Wien. Studium der Rechtswissenschaft, daneben journalistische Tätigkeit. Seit 1955 Redakteur der »Presse«, zwischen 1976 und 1995 Chefredakteur, seit 1995 Herausgeber der »Presse«. Autor mehrerer, meist zeitgeschichtlicher Bücher.